D*I*E G*E*I*S*T*E*R*P*I*R*A*T*E*N

Thomas M. Meine

DIE GEISTERPIRATEN

Nach dem Roman 'The Ghost Pirates'
von William Hope Hodgson
aus dem Jahre 1909
Übersetzung und Überarbeitung

Bibliografische Information der Deutschen Nationalbibliothek

Die Deutsche Nationalbibliothek verzeichnet diese Publikation in der
Deutschen Nationalbibliografie; detaillierte bibliografische Daten
sind im Internet über http://dnb.dnb.de abrufbar.

Herstellung und Verlag:
Books on Demand GmbH, Norderstedt
Juni 2019
ISBN 9 783739 202464

INHALT

Nr.	Kapitel	Seite

Seltsam wie der Schimmer des gespenstigen Lichts,
das in der Nacht von einem riesigen Wellenkamm leuchtet

Vorwort des Übersetzers

Das Buch, im Stil einer *wiedergegebenen Erzählung*, basiert auf dem im Jahre 1909 erschienenen Roman 'The Ghost Pirates' des englischen Autors William Hope Hodgson (1877-1918). Er war ein Zeitgenosse von H.P. Lovecraft und Clark Ashton Smith und einer der einflussreichsten Verfasser von Fantasy Romanen und unheimlichen Seegeschichten im 20. Jahrhundert.

William Hope Hodgson

Leider ist er sehr früh verstorben. Als Leutnant der Artillerie übte er später freiwillig die Aufgabe eines Beobachters in vorderster Linie aus. Im letzten Kriegsjahr des 1. Weltkriegs wurde er, im Alter von 40 Jahren, von einem Schrapnell zerrissen.

Die Syntax, gemäß der damaligen Zeit, macht das Originalbuch schwer zu lesen, zusätzlich zur 'Überfrachtung' mit seglerischen Fachausdrücken, wie sie nur sehr erfahrenen 'Seeleuten' verständlich sind; teilweise sind sie auch kaum identifizierbar. Zudem sind die meisten Dialoge in starkem Dialekt und Slang geschrieben, was selbst englische Muttersprachler oft überfordert.

Die Übersetzung ist deshalb etwas freier vorgenommen worden, um insbesondere die Leserlichkeit zu erhöhen. Auf eine gesonderte Erklärung aller nautischen Termini wurde verzichtet; sie gibt es auch nicht im Originalbuch. Diese Dinge gehören aber zum 'Flair' eines großen Segelschiffes, und es schadet nicht, hier gelegentlich verwirrt zu werden; ohnehin fügt sich dies gut in die Spannung und Ungewissheit ein.

Gelegentlich gibt es, da wo es angebracht schien, eine kurze Erläuterung [* ...] im Text. Die 'Vollmatrosen' unter den Lesern mögen mir dies nachsehen, wie auch evtl. Unzulänglichkeiten bei der Übertragung nautischer Spezialbegriffe in die deutsche Fassung.

Am Anfang des Originalbuchs steht ein endlos langer, sich stetig wiederholender Gesangstext, der die Männer auffordert das Schiff klar zu machen und die Anker zu lichten. Er endet mit den Worten: *Ha-a!-o-o! And away we blow!* (Ha-a!-o-o! Und nun wehen wir davon!). Ich habe diesen, in der englischen Originalversion, an das Ende des Buchtextes gesetzt, da er, ohne rechten Gegenwert, den Einstieg in die spannende Lektüre nur verzögert.

Was der Leser vorab wissen sollte: Zum Zeitpunkt der Entstehung und Publikation des englischen Original-Buches war der Panama-Kanal, als direkte Verbindung zwischen Pazifik und Atlantik, noch nicht für den Schiffsverkehr offen (Fertigstellung 1914). Die alten Postsegler waren daher erheblich länger unterwegs, auf ihrer Reise von San Francisco nach London. Bis zur Südspitze Südamerikas musste man damals noch hinunter, dann um das Kap Horn herum und schließlich den Atlantik wieder hoch, Richtung Norden.

Wer sich wundert, warum sich Seeleute am gegenüberliegenden Ende einer Rah*, besonders bei Nebel, oft nicht mehr sehen können: So eine Rah auf einem Großsegler kann schon mal 35 Meter lang sein. [* segeltragende Rundstangen, die sowohl eine Drehbewegung (brassen), als auch eine senkrechte Bewegung (auftoppen) zulassen].

Um dem Leser die Orientierung zu erleichtern, gibt es, hinten auf den Seiten 220/221, einen beispielhaften Besegelungsplan eines Viermasters und eine Skizze mit Schiffsseiten und Richtungen.

DIE GEISTERPIRATEN
THE GHOST PIRATES

Vorwort von William Hope Hodgson

An Mary Whalley

Verblassende Erinnerungen, die gegen die Nacht des Todes schimmern –
ruhige Sterne von süßem Reiz,
die man in verlorenen Wegen des Lebens sieht

Die Welt der Träume

Dieses Buch ist das letzte aus einer Reihe von drei. Das erste, das veröffentlicht wurde, war *'The Boats of Glen Carrig'* (die Boote von Glenn Carrig); das zweite *'The House on the Borderland'* (das Haus an der Grenze); dieses ist das dritte und komplettiert das, was man vielleicht eine Trilogie nennen könnte. Obwohl sie sich alle voneinander unterscheiden, behandelt doch jedes Buch bestimmte Konzeptionen, die eine elementare Verwandtschaft haben. Mit diesem Buch glaubt der Autor, was ihn anbelangt, eine Tür zu schließen, hinter einer bestimmten Phase kreativer Gedanken.

I. Die Gestalt aus dem Meer

Ohne große Umschweife begann er, seine Geschichte zu erzählen.

In San Francisco begab ich mich auf das Schiff *Mortzestus*. Bevor ich anheuerte, hörte ich, dass es so Einiges an seltsamen Geschichten um es herum gab, aber ich war schon ziemlich nahe an der Anlegestelle und zu sehr in Aufregung endlich wegzukommen, um mich um Bagatellen zu kümmern. Außerdem, nach allem, was recht ist, war es gut genug, was Verpflegung und Behandlung anging.

Wenn ich die Burschen fragte, konkreter zu werden, konnten sie es in der Regel nicht. Dass das Schiff glücklos war, verdammt lange Fahrten machte und auch seinen angemessenen Anteil an schlechtem Wetter hatte, war alles, was sie mir sagen konnten. Auch sollen bei ihm zwei Mal die Masten rausgeflogen und die Ladung verrutscht sein.

Davon abgesehen gab es noch einige weitere Ereignisse, die jedem anderen Postsegler passieren konnten und nicht angenehm sein würden, wenn man sie erlebt.

Alles in allem waren das aber gewöhnliche Dinge, und ich war entschlossen genug, mich diesen zu stellen, um nach Hause zu kommen. Es wäre sowieso alles gleich, selbst wenn ich die Gelegenheit hätte, auf ein anderes Schiff zu kommen, welches ich bevorzugen würde.

Als ich meinen Seesack heruntergenommen hatte, sah ich, dass sie den Rest der Mannschaft schon angeheuert hatten. Man konnte auch einen Haufen gerade ankommender Seeleute sehen, die in 'Frisco' vom Schiff gingen und an Land verschwanden. Alle – außer einem jungen Burschen, ein Cockney* [* Spitzname für einen Londoner] namens Williams, der im Hafen auf dem Schiff geblieben war. Er sagte mir später, als ich ihn näher kennengelernt hatte, dass er für einen bezahlten Arbeitstag auf dem Schiff bleiben wollte, ganz egal, was die anderen machten.

In der ersten Nacht, die ich auf dem Schiff verbrachte, fühlte ich, dass sich die gemeinsamen Gespräche immer wieder darum drehten, dass an dem Schiff etwas sonderbar sei. Sie sprachen fast so, als wären es Tatsachen, dass es hier spuken würde. Dennoch behandelten sie alle die Sache mehr als einen Witz, außer dem jungen 'Cockney'. Anstatt über die Scherze zu lachen, die gemacht wurden, schien er die ganze Angelegenheit ernst zu nehmen.

Das machte mich doch ziemlich neugierig. Ich begann darüber nachzudenken, ob nicht doch, nach allem, einiges davon wahr war und die vagen Geschichten bestätigen würde. Ich nutze deshalb die erste Gelegenheit, um ihn zu fragen, ob er denn irgendwelche ernsthaften Gründe hätte, zu glauben, dass da doch etwas dran wäre, an dem ganzen Seemannsgarn bezüglich des Schiffs.

Anfangs gab er sich ein wenig reserviert. Dann kam er aber näher heran und sagte mir, dass er zwar von keinem bestimmten Ereignis Kenntnis habe, das man ungewöhnlich nennen könnte, in dem Sinn, den ich meinte. Es gäbe jedoch eine Fülle von kleinen Begebenheiten, die, wenn man sie zusammennimmt, doch ein wenig zum Nachdenken anregen würden.

Zum Beispiel sei das Schiff immer so lange unterwegs und hatte jede Menge an Dreckswetter – nichts als das – und dazu Flauten und Gegenwind.

Dann sind da aber noch andere Dinge passiert. Segel, von denen er sicher wusste, dass sie ordentlich befestigt waren, wurden immer wieder nachts weggeweht.

Und schließlich sagte er etwas, das mich überraschte: *Es gibt zu viele verflixte Schatten auf diesem Segelschiff. Die gehen dir an die Nerven wie nichts, was ich vorher in meinem Leben gesehen habe.*

Das alles platze auf einmal aus ihm heraus. Ich drehte mich mehr zu ihm hin und sah ihn an.

Zu viele Schatten, sagte ich, *was um alles in der Welt meinst du damit?*

Er weigerte sich aber, mir das zu erklären oder mehr darüber zu sagen. Er schüttelte nur seinen Kopf und stellte sich dumm, wenn ich ihm Fragen stellte. Es schien so, dass er plötzlich eine mürrische Haltung eingenommen hatte.

Ich war mir sicher, dass er sich absichtlich so begriffsstutzig benahm. Andererseits glaubte ich, dass er in Wahrheit, auf seine bestimmte Art, beschämt darüber war, dass er sich so hat gehen lassen, als er seine Vorstellungen über die 'Schatten' aussprach. Diese Art von Menschen können manchmal gute Gedanken haben, fassen diese aber nicht gerne in Worte. Jedenfalls sah ich ein, dass es wohl nicht sehr sinnvoll wäre, ihm weitere Fragen zu stellen und ich vergaß die Sache fürs Erste. Trotzdem, während der Tage danach, erwischte ich mich manchmal dabei darüber nachzudenken, was der Bursche wohl mit den 'Schatten' gemeint hatte.

Am nächsten Tag verließen wir San Francisco mit einem schönen und kräftigen Wind, und es schien so, als würde er die Geschichten über das Pech des Schiffes ein wenig unterdrücken. Und trotzdem...

Er hielt einen Moment inne und fuhr dann fort mit dem, was er uns berichtete:

Während der ersten zwei Wochen auf See passierte nichts Außergewöhnliches, und der Wind hielt sich gut. Ich bekam langsam das Gefühl, dass ich, trotz allem, doch eher Glück mit diesem Postsegler hatte, auf dem ich angeheuert habe. Die meisten der anderen Burschen hatten eine gute Meinung vom Schiff, und man nahm allgemein an, dass es wohl nur dumme Geschichten waren, was das Spuken auf ihm anbelangte.

Und dann, als sich die Dinge für mich beruhigt hatten, passierte etwas, das mir die Augen weit öffnete.

Es war während der 8 bis 12 Uhr Wache. Ich saß auf den Stufen auf der Steuerbordseite, die oben auf das Deck hinunterführen. Die Nacht war angenehm, mit einem wundervollen Mond.

Hinten, von achtern, hörte ich die Zeitwache, der die Glocke viermal klingen ließ, und der Mann auf dem Ausguck, ein alter Bursche namens Jaskett, antwortete ihm. Gerade als die Glockenschnur losgelassen wurde, erblickte er mich, dort wo ich ruhig dasaß und rauchte. Er lehnte sich über das Geländer und sah auf mich herab.

Bist du das Jessop?, fragte er.

Ich denke, ich bin's, antwortete ich.

Wir könnten unsere Großmütter und den Rest unserer petticoattragenden Verwandten mit auf See kommen lassen, wenn es immer so wäre, wie jetzt, bemerkte er – nachdenklich – und deutete mit einem Schwung seiner Pfeife in der Hand an, wie ruhig die See und der Himmel waren.

Ich hatte keinen Grund, ihm zu widersprechen, und er fuhr fort:

Wenn es auf diesem alten Segelschiff spuken würde, wie es scheinbar manche von den anderen denken, dann kann ich nur sagen, lass mich das Glück haben, noch einmal auf ein solches Schiff wie dieses zu stolpern. Guter Fraß, Pudding am Sonntag und eine gute Gesellschaft. Es ist alles so angenehm, dass du es fühlen kannst, und du weißt, wo du bist.

Und was das anbelangt, dass es hier spuken soll, so ist das alles grober Unsinn. Ich bin auf vielen Schiffen gewesen, von denen man sagte, es würde spuken, und bei einigen war es so, aber das waren keine Geister. Ein Postsegler, auf dem ich gewesen war, war in einem so schlechten Zustand, dass man unten nicht einen einzigen Augenblick schlafen konnte.

Manchmal... In diesem Moment kam die Ablösung. Einer der einfachen Seeleute kam die Leiter herauf zum Deck des Vorschiffs. Der alte Bursche drehte sich um und fragte ihn, warum zur Hölle er ihn nicht ein wenig früher abgelöst hätte.

Der Mann gab ihm eine Antwort, die ich aber nicht verstehen konnte, denn plötzlich, weit hinten, hatte mein schläfriger Blick etwas erfasst, das ganz außergewöhnlich und schwer zu begreifen war. Es war wie die verschwommene Gestalt eines Mannes, der das Schiff über die Reling auf der Steuerbordseite betrat, ein wenig achtern von der Haupttakelage.

Ich stand auf, hielt mich am Geländer fest und starrte.

Hinter mir sprach jemand. Es war der Beobachtungsposten, der auf das Deck des Vorschiffs herunter und nach achtern gekommen war, um den Namen der Ablösung an den Maat zu melden.

Was ist los, Kumpel?, fragte er mich neugierig, als er meine angespannte Haltung sah.

Das Ding – oder was auch immer – war im Schatten auf der Leeseite des Decks verschwunden.

Nichts, antwortete ich kurz. Ich war noch zu aufgewühlt von dem, was meine Augen soeben gesehen hatten, um mehr zu sagen. Ich wollte nachdenken. Der alte Veteran betrachtete mich, murmelte etwas vor sich hin und ging seines Weges.

Für vielleicht eine Minute stand ich da und schaute mich um, konnte aber nichts erkennen.

Dann ging ich langsam nach hinten, bis zum Ende des Deckshauses. Von dort konnte ich den größten Teil des Hauptdecks überblicken. Es zeigte sich aber nichts, mit Ausnahme der sich bewegenden Schatten der Seile, Holmen und Segel, wie sie im Mondschein vor- und zurückschwangen.

Der alte Kerl, der gerade vom Ausguck kam, war wieder nach vorne gegangen, und ich war nun allein auf diesem Teil des Decks. Und dann, ganz plötzlich, während ich in die Schatten auf der Leeseite starrte, erinnerte ich mich an das, was Williams gesagt hatte – über 'zu viele Schatten', die es da gab.

In jenem Moment hatte ich über den wahren Sinn gerätselt, jetzt aber hatte ich damit keine Schwierigkeiten mehr. Es gab wirklich zu viele Schatten auf dem Schiff.

Trotzdem – Schatten oder keine Schatten – begriff ich, dass ich mich beruhigen musste – ein für alle Mal – ob nun das Ding, das ich anscheinend gesehen hatte, wie es aus dem Ozean heraus auf das Schiff gestiegen ist, Realität war oder, wie Sie sagen könnten, einfach ein Phänomen meiner eigenen Einbildung.

Meine Vernunft sagte mir, dass es nichts mehr war, als eine Sinnestäuschung, ein schneller Traum. Ich musste wohl gedöst haben, aber etwas Tiefergehendes als die Vernunft sagte mir, dass es wohl nicht so war.

Ich wollte das herausfinden und begab mich schnurstracks hinein in den Schatten – da war aber nichts.

Mein gesunder Menschenverstand stellte fest, dass ich mir das alles nur eingebildet hatte, und ich wurde mutiger.

Ich lief hinüber zum Hauptmast und schaute hinter die Nagelbank* [* nimmt die herausnehmbaren Pins auf, an denen die Seile befestigt werden] und hinunter zu den Pumpen; aber auch da war nichts.

Dann ging ich unter den Vorbau des Hecks. Hier war es dunkler als draußen auf dem offenen Deck. Ich schaute zu beiden Seiten hoch und sah, dass sich dort nichts von dem befand, nach dem ich Ausschau hielt. Diese Gewissheit war beruhigend. Dann blickte ich die Leiter des Hecks hinauf und realisierte sofort, dass dort niemand hochgegangen sein konnte, ohne dass es die Zeitwache oder der Maat gesehen hätten.

Ich lehnte mich mit dem Rücken gegen das Schott und dachte schnell noch einmal über die Sache nach, zog dabei an meiner Pfeife und behielt meinen Blick über das Deck.

Schließlich beendete ich mein Nachdenken und sagte laut: *nein!*

Jedoch, es regte sich etwas in mir und ich überlegte: *Es sei denn* – und ging hinüber zur Bordwand der Steuerbordseite und schaute über diese hinunter ins Wasser, aber da war ebenfalls nichts, außer der See selbst, und so drehte ich mich um und begab mich nach vorne.

Mein gesunder Menschenverstand hatte triumphiert, und ich war überzeugt, dass meine Einbildung nur Spielchen mit mir getrieben hatte.

Ich erreichte die Tür an der Backbordseite, die hinein zum Vorschiff führt, und war gerade dabei einzutreten, als mich etwas veranlasste, hinter mich zu sehen.

Als ich dies tat, begann ich sogleich zu zittern. Ganz hinten stand eine schattenhafte Figur im Lichte des sich wiegenden Gürtels des Mondlichts, der über das Deck fegte, ein wenig hinter dem Hauptmast. Es war die gleiche Gestalt, die ich gerade meiner Fantasie zugeschrieben hatte.

Ich gebe zu, dass ich mich mehr als erschreckt fühlte; ich war eigentlich ziemlich verängstigt. Jetzt war ich davon überzeugt, dass es sich nicht nur um eine eingebildete Sache handelte – es war eine menschliche Gestalt. Und trotzdem, mit dem Flackern des Mondlichts und den Schatten, die über es huschten, war ich nicht in der Lage, mehr als das zu sagen.

Dann, als ich so dastand, unentschlossen und bange, kam mir der Gedanke, dass da vielleicht nur jemand herumalberte, obwohl ich nicht sagen konnte, aus welchem Grund und zu welchem Zweck.

Froh für jede Anregung, mit der mir mein Verstand versicherte, dass das alles nicht möglich war, fühlte ich mich für den Augenblick doch ziemlich erleichtert, denn an diesen Aspekt der Frage hatte ich bisher nicht gedacht.

Ich fasste wieder Mut und beschuldigte mich selbst, überspannt zu sein, andernfalls hätte ich eher drauf kommen sollen. Und dann, komisch genug, trotz aller meiner Argumente, hatte ich immer noch Angst nach hinten zu gehen, um herauszufinden, was das war, das auf der Leeseite des Hauptdecks stand.

Trotzdem fühlte ich, dass ich es verdient hätte, über Bord geworfen zu werden, wenn ich der Sache ausweichen würde, und so ging ich los, allerdings nicht in großer Eile – wie Sie sich denken können.

Ich hatte die Hälfte der Strecke zurückgelegt und die Gestalt war immer noch da, bewegungslos und still. Das Mondlicht und die Schatten spielten über sie hinweg, mit jedem Rollen des Schiffs.

Meine Bemühungen richteten sich nun darauf, nicht überrascht zu wirken. Wenn es einer der Burschen war, der herumalberte, muss er mich kommen gehört haben. Aber warum versuchte er nicht, zu verschwinden, während er noch die Gelegenheit dazu hatte? Und wo konnte er sich zuvor versteckt gehalten haben? All diese Dinge fragte ich mich in der Eile und in einer verrückten Mischung aus Zweifel und Glaube.

Und, wissen Sie, in der Zwischenzeit kam ich immer näher heran. Ich hatte das Deckshaus passiert, als die schweigsame Gestalt abrupt drei schnelle Schritte zur Backbordseite machte und über die Reling ins Meer kletterte.

Ich rannte zur Seite und starrte darüber hinweg, aber mein Blick traf nichts als den Schatten des Schiffes, der über die vom Mond beleuchtete See hinweg glitt.

Es ist mir unmöglich zu sagen, wie lange ich verdutzt hinunter auf das Wasser gesehen habe, bestimmt aber für eine gute Minute.

Ich fühlte mich verblüfft – nichts als verblüfft. Es war solch eine teuflische Bestätigung der Unnatürlichkeit von diesem Ding, von dem ich andererseits glaubte, dass es nur eine Laune des Gehirns war.

Es schien, wissen Sie, dass ich für eine kurze Zeit der Kraft beraubt war, vernünftige Schlüsse zu ziehen. Ich nehme an, ich war benommen, in einer gewissen Weise mental betäubt.

Wie ich schon sagte, muss etwa eine Minute vergangen sein, während ich in das dunkle Wasser unter der Seite des Schiffs starrte.

Dann kam ich plötzlich zurück in mein geordnetes Selbst. Der zweite Maat rief aus: *an die Leeseite, zu den Brassen!*

Ich ging zu den Brassen, fast wie im Traum.

II. Was Tammy der Schiffsjunge sah

Am nächsten Morgen, unten in meiner Wache, hatte ich noch einmal einen Blick auf die Stelle geworfen, wo das seltsame Ding an Bord gekommen war und das Schiff wieder verlassen hatte. Ich konnte aber nichts Ungewöhnliches entdecken und auch keinen Anhaltspunkt finden, um das Rätsel des seltsamen Mannes zu verstehen.

Für einige Tage danach war alles ruhig geblieben, dennoch schlich ich während der Nacht über die Decks und versuchte, etwas Neues zu entdecken, das möglicherweise Licht auf die Angelegenheit werfen könnte. Ich war vorsichtig und hatte niemandem etwas über das Ding, das ich gesehen hatte, erzählt. In jedem Falle – da war ich mir sicher – hätte man mich nur ausgelacht.

Einige Nächte gingen in dieser Weise vorbei, und ich war dem Verständnis der Sache keinen Schritt nähergekommen. Und dann, während der mittleren Wache, passierte wieder etwas.

Es war meine Schicht am Steuerrad. Tammy, einer der Schiffsjungen, war für die Zeitwache verantwortlich und schritt die Leeseite des Hecks auf und ab.

Der zweite Maat war vorne über den Vorbau des Hecks gelehnt und rauchte. Das Wetter war weiterhin gut und der Mond, obwohl in der abnehmenden Phase, war immer noch kraftvoll genug, jede Einzelheit des Hecks deutlich hervorstechen zu lassen.

Drei Glockenschläge waren vergangen, und ich muss zugeben, dass ich mich schläfrig fühlte. In der Tat muss ich eingedöst sein. Der alte Postsegler ließ sich leicht steuern und es gab herzlich wenig zu tun, außer ihm, hin und wieder, einen gelegentlichen Dreher am Rad zu geben.

Und dann, plötzlich, schien es so, als würde ich jemanden hören, der ganz sanft meinen Namen rief. Ich war mir nicht sicher und starrte nach vorne, wo der Zweite stand und rauchte. Ich schaute von ihm weg und ins Kompasshäuschen. Der Bug des Schiffes war korrekt auf Kurs und ich fühlte mich etwas erleichtert.

Dann hörte ich es wieder. Diesmal gab es keinen Zweifel und ich starrte zur Leeseite. Dort sah ich Tammy, der zum Steuerrad herüber griff, seine Hand ausgestreckt, im Begriff meinen Arm zu berühren. Ich war gerade dabei ihn zu fragen, was zum Teufel er wollte, als er seinen Finger zum Zeichen des Stillseins erhob und nach vorne, längs der Leeseite des Hecks, zeigte.

Im gedämpften Licht sah man sein fahles Gesicht, und er erschien sehr beunruhigt. Für ein paar Sekunden starrte ich in die Richtung, in die er zeigte, konnte aber nichts erblicken.

Was ist?, fragte ich in leisem Ton, und nach ein paar Momenten des weiteren unergiebigen Ausspähens fügte ich hinzu: *Ich kann nichts sehen.*

Still!, murmelte er mit heißerer Stimme, ohne in meine Richtung zu sehen. Dann, ganz plötzlich, mit einem schnellen, kurzen Atemzug, sprang er über den Steuerkasten und stand zitternd neben mir. Sein Blick schien den Bewegungen von etwas zu folgen, das ich nicht sehen konnte.

21

Ich muss sagen, dass ich sehr erschrocken war. Seine Bewegungen zeigten so viel Entsetzen, und die Art, wie er nach der Leeseite schaute, brachten mich dazu zu glauben, er hätte etwas Unheimliches gesehen.

Was zum Teufel ist los mit dir?, fragte ich in scharfem Ton, und dann dachte ich an den zweiten Maat. Ich schaute nach vorne, wo er herumlungerte. Sein Rücken war uns noch immer zugewandt, und er hatte Tammy nicht gesehen.

Dann wandte ich mich dem Jungen zu. *Um Himmels willen, geh auf die Leeseite, bevor der Zweite dich sieht!*, sagte ich. *Wenn Du etwas sagen willst, sag es über den Steuerkasten hinweg. Du hast geträumt.*

Sogar als ich sprach, ergriff der kleine Kerl mit einer Hand meinen Ärmel und, indem er mit der anderen über die Logrolle zeigte, schrie er heraus: *Er kommt, er kommt!*

In diesem Moment kam der zweite Maat nach hinten gerannt und rief irgendetwas, um zu erfahren, was los war.

Auf einmal sah ich etwas, das vor der Reling in der Nähe der Logrolle kauerte und aussah wie ein Mann, aber so nebulös und unwirklich, dass ich kaum sagen kann, ich hätte überhaupt etwas gesehen. Trotzdem, meine Gedanken sprangen wie ein Blitz zurück zu der lautlosen Gestalt, die ich eine Woche zuvor im Flackern des Mondlichts gesehen hatte.

Der zweite Maat hatte mich erreicht und ich deutete stumm zur Logrolle; dennoch, als ich es tat, war es in dem Bewusstsein, dass er nicht in der Lage sein würde zu sehen, was ich sah, seltsam nicht wahr?

Und dann, fast wie in einem Atemzug, verlor ich die Gestalt aus den Augen und mir wurde gewahr, dass der zitternde Tammy meine Knie umarmte.

Der Zweite starrte noch für einen kurzen Moment auf die Logrolle, dann drehte er sich mit einem spöttischen Lächeln zu mir: *Ihr beiden wart eingeschlafen, vermute ich.*

Dann, ohne auf mein Abstreiten zu warten, forderte er Tammy auf, 'zur Hölle da raus zu kommen' und mit seinem Lärmen aufzuhören, sonst würde er ihn mit einem Tritt vom Heck befördern.

Danach ging er nach vorne auf den Vorbau des Hecks und steckte sich wieder seine Pfeife an, wobei er alle paar Minuten nach vorne und nach hinten ging und mich dabei ab und zu beobachtete – dachte ich mir jedenfalls – mit einem seltsamen, halb zweifelnden, halb verblüfften Ausdruck.

Später, sobald ich abgelöst wurde, rannte ich hinunter zum Schlafplatz des Schiffsjungen. Ich war begierig darauf, mit Tammy zu sprechen. Es gab ein Dutzend Fragen, die mich beunruhigten, und ich war im Zweifel, was ich tun sollte.

Ich fand ihn, zusammengekauert auf einer Seekiste, seine Knie bis oben ans Kinn, und er fixierte den Eingang mit einem verängstigten Blick.

Als ich meinen Kopf hineinsteckte, sah ich, dass er nach Luft schnappte. Dann, als er sah, wer es war, lockerten sich seine Gesichtszüge ein wenig von dem angespannten Ausdruck.

Komm rein!, sagte er mit leiser Stimme, die er versuchte zu stabilisieren. Ich stieg über das Wasserschutzbrett herein, setzte mich auf eine Truhe und schaute ihn an.

Was war das?, fragte er, indem er seine Füße auf den Boden stellte und sich vorwärts beugte. *Um Himmels willen sag mir, was das war!*

Seine Stimme hatte sich erhoben, und ich hielt die Hand hoch, um ihn zu warnen.

Schsst!, sagte ich, *du wirst die anderen Burschen aufwecken.*

Er wiederholte seine Frage, aber in einem leiseren Ton.

Ich zögerte, bevor ich antwortete. Ganz plötzlich hatte ich das Gefühl, dass es besser sein könnte, alle Kenntnisse zu verneinen, um damit so zu tun, als hätte ich nichts Ungewöhnliches gesehen.

Schnell dachte ich nach und gab stattdessen eine Frage als Antwort zurück.

Was war was?, sagte ich, *das ist genau der Grund, warum ich gekommen bin, um dich danach zu fragen. Du hast ein schönes Paar von Verrückten aus uns gemacht, draußen auf dem Heck, mit deiner hysterischen Albernheit!*

Ich beendete meine Bemerkung in einem gespielt ärgerlichen Tonfall.

Das habe ich nicht, antwortete er in einem leidenschaftlichen Flüstern. *Du weißt, dass ich das nicht getan habe. Du weißt, dass du es selbst gesehen hast. Du hast es dem zweiten Maat gezeigt. Ich habe dich dabei gesehen.*

Der kleine Bursche war fast am Heulen und zwischen Angst und Ärger, wegen meines vorgetäuschten Unglaubens.

24

Unsinn!, antwortete ich. *Du weißt sehr gut, dass du auf deiner Zeitwache geschlafen hast. Du hast von etwas geträumt und bist plötzlich aufgewacht. Du warst völlig neben dir.*

Ich war entschlossen, ihn zu beruhigen, falls möglich, dennoch – mein Gott! Ich wollte Sicherheit für mich selbst. Wenn er aber von dem anderen Ding Kenntnis hatte, welches ich auf dem Hauptdeck gesehen hatte, was dann?

Ich war nicht mehr eingeschlafen, als du es warst, sagte er verbittert, *und du weißt das. Du willst mich nur täuschen. Auf dem Schiff spukt es!*

Was?, sagte ich in scharfem Ton.

Auf dem Schiff spukt es, sagte er wieder, *hier spukt es!*

Wer sagt das?, fragte ich etwas ungläubig nach.

Ich sage das und du weißt es. Jeder weiß es, aber sie glauben nur halb dran… Ich tat es auch nicht, bis heute Nacht.

Verdammter Unsinn!, antwortete ich, *das ist alles dummes Garn von alten Seebären. Das Schiff ist nicht mehr vom Spuk verfolgt, als ich.*

Das ist kein verdammter Unsinn, antwortete er, vollkommen unüberzeugt von meinen Ausführungen. *Und es ist kein Garn von alten Seebären… Warum sagst du nicht, dass du es gesehen hast?*, schrie er, fast in Tränen aufgelöst und erhob dabei wieder seine Stimme.

Ich warnte ihn wieder, die anderen Schlafenden nicht zu wecken.

Warum sagst du es nicht, dass du es gesehen hast?, wiederholte er.

Ich stieg von der Truhe auf und ging in Richtung Tür.

Du bist ein junger Idiot, sagte ich. *Und ich sollte dir raten, nicht mit dieser Geschichte auf den Decks herumzulaufen. Nimm meinen Rat an, leg dich hin und schlafe. Du sprichst alberne Dinge aus. Morgen fühlst du vielleicht, welch fürchterlichen Esel du aus dir gemacht hast.*

Ich ging raus über das Wasserschutzbrett und verließ ihn. Ich glaube, er folgte mir bis zur Tür, um noch etwas zu sagen, aber ich war zu diesem Zeitpunkt schon halb draußen.

Für die nächsten zwei Tage ging ich ihm so gut wie möglich aus dem Weg und sorgte dafür, dass er mich nie alleine antreffen konnte. Ich war, wenn möglich, entschlossen ihn davon zu überzeugen, dass er fälschlicherweise in der Annahme war, er habe in dieser Nacht etwas gesehen.

Dennoch, trotz allem war das wenig hilfreich, wie Sie bald erfahren werden, denn während der Nacht des zweiten Tages gab es eine weitere außergewöhnliche Entwicklung, die ein weiteres Leugnen meinerseits unnütz machte.

III. Der Mann auf dem Hauptmast

Es passierte während der ersten Wache, genau nach dem sechsten Glockenschlag. Ich war vorne im Schiff und saß auf der vordersten Luke. Niemand befand sich auf dem Hauptdeck. Die Nacht war außergewöhnlich schön und der Wind hatte sich gelegt, fast bis zur kompletten Stille, sodass das Schiff sehr ruhig war.

Plötzlich hörte ich die Stimme des zweiten Maats. *Dort in der Haupttakelage! Wer geht da nach oben?*

Ich setzte mich auf und lauschte. Es folgte eine angespannte Stille.

Dann kam wieder die Stimme des Zweiten. Er wurde offensichtlich wütend: *Kannst du mich verdammt noch mal hören? Was zum Teufel machst du da oben? Komm herunter!*

Ich stelle mich auf meine Füße und ging zur Luvseite. Von dort aus konnte ich den Vorbau des Hecks sehen. Der zweite Maat stand bei der Leiter auf der Steuerbordseite. Es schien so, dass er nach oben auf etwas schaute, das mir durch die Untersegel verborgen wurde.

Als ich so starrte, brach es wieder aus ihm heraus: *Hölle und Verdammnis, du verdammter Matrose, komm herunter, wenn ich es dir sage!*

Er stampfte auf dem Heck herum und wiederholte wild seinen Befehl, aber es gab keine Antwort. Ich begann, nach achtern zu laufen.

Was war passiert? Wer war da raufgegangen? Wer war verrückt genug dazu, dies zu machen, ohne dazu aufgefordert worden zu sein? Und dann, ganz plötzlich, kam mir etwas in den Sinn: die Gestalt, die Tammy und ich gesehen hatten.

Hatte der zweite Maat etwas – oder jemanden – gesehen? Ich beeilte mich und hielt dann sofort inne. Im gleichen Moment kam der schrille Ton von der Trillerpfeife des Zweiten. Er pfiff nach der Wachmannschaft, und ich eilte zum Vorbau, um sie aufzuwecken. Eine Minute später rannte ich mit ihnen nach hinten, um zu sehen, was er wollte.

Seine Stimme kam uns auf halbem Weg entgegen: *Rauf auf den Hauptmast, einer von euch. Ein wenig flott jetzt, und findet heraus, wer der verdammte Idiot da oben ist. Seht nach, welche Missetaten er vorhat!*

Aye, aye Sir!, riefen mehrere Männer aus und zwei von ihnen sprangen in die Takelage. Ich schloss mich ihnen an, und der Rest machte sich bereit zu folgen. Der Zweite schrie, dass jemand auf der Leeseite hinaufgehen sollte, im Fall, dass der Bursche versuchen würde, auf dieser Seite herunterzukommen.

Als ich den beiden anderen nach oben folgte, hörte ich, wie der zweite Maat zu Tammy sagte, der gerade für die Zeitwache verantwortlich war, zusammen mit den anderen Schiffsjungen runter auf das Hauptdeck zu gehen, um ein Auge auf die vorderen und hinteren Masthalterungen zu werfen.

Er könnte versuchen, an einer von diesen herunterzukommen, wenn er in die Enge getrieben worden ist, hörte ich ihn sagen. *Wenn ihr irgendetwas seht, ruft nach mir, sofort!*

Tammy zögerte.

Nun?, sagte der Maat in scharfem Ton.

Nichts, Sir!, sagte Tammy und ging runter auf das Hauptdeck.

Der erste Mann auf der Luvseite hatte den Auflanger der Wanten erreicht. Sein Kopf war über der Oberkante und er verschaffte sich einen vorläufigen Überblick, bevor er sich weiter hoch wagte.

Hast du etwas gesehen, Jock?, fragte Plummer, der Mann direkt über mir.

Ne!, sagte Jock lapidar und kletterte über die Oberkante, wo er aus meinem Gesichtsfeld verschwand.

Der Bursche vor mir folgte. Er erreichte die Takelage des Auflangers und hielt inne, um zu husten. Ich war nahe bei seinen Hacken, und er sah zu mir herab.

Was gibt es überhaupt?, fragte er. *Was ist es, dass er gesehen hat? Hinter was jagen wir her?*

Ich sagte, dass ich es nicht wüsste. Er schwang sich hoch in die Takelage des Toppmastes und ich folgte ihm nach. Die Jungs auf der Leeseite waren fast auf gleicher Höhe mit uns. Unter dem unteren Ende des Toppsegels hindurch, konnte ich Tammy und die anderen Schiffsjungen auf dem Hauptdeck sehen, die nach oben blickten.

Die Burschen waren ein wenig aufgeregt, aber doch eher verhalten. Ich dachte, dass da mehr Neugier war und – vielleicht – ein gewisses Unbehagen bezüglich der Sonderbarkeit von allem. Ich weiß das, da ich die Bestrebung fühlte, eng beieinanderzubleiben, als ich in Richtung der Leeseite sah. Mir war das sehr recht.

Es muss ein verdammter blinder Passagier sein, brachte einer der Männer vor.

Ich nahm die Idee augenblicklich auf. Vielleicht – und dann, im nächsten Moment, verwarf ich sie wieder. Ich erinnerte mich daran, wie das erste schreckliche Ding über die Reling ins Meer geklettert war. Die Sache konnte nicht in einer solchen Weise erklärt werden. In dieser Hinsicht war ich neugierig, aber auch beklommen. Ich hatte diesmal nichts gesehen. Was aber konnte der zweite Maat gesehen haben? Ich fragte mich das.

Waren wir auf der Jagd nach Fantasien oder gab es da wirklich jemanden – etwas Reales zwischen den Schatten über uns?

Meine Gedanken gingen wieder zurück zu diesem Ding, welches Tammy und ich neben der Logrolle gesehen hatten. Ich erinnerte mich, wie es dem zweiten Maat unmöglich war, etwas zu sehen, und auch daran, wie natürlich es schien, dass er nicht in der Lage sein sollte, etwas wahrzunehmen. Ich nahm das Wort 'blinder Passagier' wieder auf. Nach all dem, könnte es diese Sache erklärend aus der Welt schaffen. Es könnte…

Mein Gedankengang wurde abrupt unterbrochen. Einer der Männer schrie und gestikulierte.

Ich sehe ihn! Ich sehe ihn! Er zeigte hinauf über unsere Köpfe.

Wo?, sagte der Mann über mir. *Wo?*

Ich schaute mit aller Anstrengung hinauf und war mir eines gewissen Gefühls der Erleichterung bewusst. *Es ist also Wirklichkeit,* sagte ich zu mir selbst.

Ich bewegte den Kopf herum und schaute die Strecke über uns hinauf, konnte jedoch nichts erkennen, nichts als Schatten und Lichtfetzen.

Runter an Deck!, vernahm ich die Stimme des zweiten Maats.

Habt ihr ihn?, schrie er.

Noch nicht, Sir!, rief der unterste der Männer auf der Leeseite.

Wir sehen ihn, Sir!, fügte Quoin hinzu.

Ich nicht, sagte ich.

Da ist er wieder, sagt er.

Wir hatten die Takelage des oberen Bramsegels erreicht, und er zeigte auf die Rah des Royalsegels.

Ihr seid Dummköpfe, Quoin! Das ist es, was ihr seid! Die Stimme kam von oben. Es war die von Jock und es gab einen Ausbruch von Gelächter auf Kosten von Quoin.

Ich konnte Jock nun sehen, wie er in der Takelage, gerade unterhalb der Rah stand. Er ist geradeaus hochgegangen, während der Rest von uns über das Toppsegel gegangen ist.

Du bist ein Dummkopf Quoin, sagte er wieder. *Und ich denke, der Zweite auch.* Dann begann er, herunterzuklettern.

Dann gibt es da niemanden?, fragte ich.

Ne, sagte er kurz.

Als wir das Deck erreichten, rannte der zweite Maat herunter vom Heck und kam uns mit einer gewissen Erwartungshaltung entgegen.

Ihr habt ihn?, fragte er vertrauensvoll.

Da war niemand, sagte ich.

Was?, schrie er fast. *Ihr versteckt etwas!*, fuhr er verärgert fort und schaute einen nach dem anderen an. *Heraus damit, wer war es?*

Wir verstecken nichts, antwortete ich im Namen aller. *Da oben ist niemand.*

Der Zweite schaute uns der Reihe nach an. *Bin ich ein Trottel?*, fragte er herablassend. Es gab ein zustimmendes Schweigen.

Ich habe ihn selbst gesehen, fuhr er fort. *Er war noch nicht einmal über dem Toppsegel, als ich ihn zum ersten Mal sah. Darüber gibt es keinen Zweifel. Es ist alles verdammter Unsinn zu sagen, dass er nicht dort ist.*

Aber er ist es nicht, Sir, antwortete ich. *Jock ist ganz bis zur Rah des Royalsegels raufgeklettert.*

Der zweite Maat gab keine sofortige Antwort, ging aber ein paar Schritte zurück und sah den Hauptmast hoch. Dann wandte er sich an die zwei Schiffsjungen.

Und sicher habt ihr zwei Jungen niemanden gesehen, der vom Hauptmast herunterkam?, fragte er misstrauisch.

Nein, Sir, sagten sie gemeinsam.

Sei's drum, hörte ich ihn zu sich selbst murmeln, *ich hätte ihn ja selbst gesehen, wenn er das gemacht hätte.*

Haben Sie eine Idee, Sir, was es war, das Sie gesehen haben?, fragte ich an dieser Stelle.

Er schaute mich scharf an. *Nein*, sagte er.

Er dachte für einige Momente nach, während wir alle schweigend herumstanden und darauf warteten, dass er uns gehen lassen würde.

Heiliger Bimbam!, rief er plötzlich aus. *Ich hätte früher daran denken sollen.*

Er drehte sich herum und nahm uns alle in Augenschein. *Ihr seid alle hier?*, fragte er.

Ja, Sir!, sagten wir im Chor. Ich sah, wie er uns zählte. Dann sprach er wieder.

Ihr Männer bleibt alle, wo ihr seid. Tammy, du geht's an deinen Platz und siehst nach, ob alle anderen Burschen in ihren Kojen sind. Dann kommst du zurück und berichtest mir. Beeil dich!

Der Junge ging, und der Zweite wandte sich an den anderen Schiffsjungen: *Du gehst nach vorne zum Vorschiff, sagt er. Zähle die andere Wache, dann komm zurück und berichte mir!*

Als der Youngster auf dem Deck längs des Vorschiffs verschwunden war, kam Tammy von seinem Besuch in den vorderen Kammern zurück, um dem zweiten Maat zu sagen, dass die anderen beiden Schiffsjungen tief in ihren Kojen schliefen.

Daraufhin schickte ihn der Zweite zu den Kabinen des Zimmermanns und des Segelmachers, um zu sehen, ob diese hereingekommen waren.

Während er weg war, kam der andere Junge zurück und berichtete, dass alle Männer in ihren Kojen waren und schliefen.

Sicher?, fragte ihn der Zweite.

Ganz sicher, Sir, antwortete er.

Der zweite Maat machte eine schnelle Geste. *Geh' und sieh' nach, ob der Steward in seiner Kabine ist, sagte er abrupt.* Es war mir klar, dass er außerordentlich verwirrt war.

Du hast noch einiges zu lernen, Mr. zweiter Maat, dachte ich mir. Dann begann ich darüber nachzudenken, zu welchen Schlüssen er kommen würde.

Ein paar Sekunden später kam Tammy zurück und meldete, dass alle, der Zimmermann, der Segelmacher und der auch Arzt, da waren.

Der zweite Maat murmelte etwas und sagte ihm, er solle runter in den Salon gehen, um zu sehen, ob der erste und der dritte Maat zufällig nicht in ihren Kabinen waren.

Tammy ging los, dann hielt er inne: *Soll ich einen Blick in den Platz des Alten werfen, Sir, während ich da unten bin?,* fragte er.

Nein, sagte der zweite Maat, *mach' was ich dir gesagt habe und dann komm' und sage es mir. Wenn irgendjemand in die Kabine des Kapitäns gehen muss, dann mache ich das.*

Tammy sagte: *Aye, aye, Sir!,* und sprang davon, rauf auf das Heck.

Dann erschien der andere Schiffsjunge wieder und sagte, dass der Steward in seiner Kabine war und dieser von ihm wissen wollte, warum zum Teufel er in diesem Teil des Schiffes herumtolle.

Der zweite Maat sagte für fast eine Minute gar nichts. Dann wandte er sich an uns und teilte uns mit, dass wir uns entfernen könnten.

Als wir gemeinsam fortgingen und in leisen Tönen sprachen, kam Tammy runter vom Heck und ging zum zweiten Maat. Ich hörte ihn sagen, dass die beiden Maate in ihren Kojen waren und schliefen. Dann fügte er hinzu, so als würde er es noch beiläufig erwähnen: *Und so ist es auch mit dem Alten.*

Ich dachte, ich hätte dir gesagt –, begann der zweite Maat.

Ich habe mich daran gehalten, Sir, sagte Tammy, *aber seine Kabinentür stand offen.*

Der zweite Maat begann, nach hinten zu gehen. Ich konnte ein Bruchstück einer Bemerkung erhaschen, die er zu Tammy machte: *Die ganze Mannschaft gezählt, ich bin…* Dann ging er zum Heck hinauf. Den Rest konnte ich nicht aufschnappen.

Ich hatte einen Moment lang gebummelt. Nun jedoch eilte ich den anderen hinterher.

Als wir uns dem Vorschiff näherten, war ein Glockenschlag vorbei. Wir rüttelten die andere Wachmannschaft auf und erzählten ihnen, welchen Scherzen wir ausgesetzt gewesen waren.

Ich nehme an, das war schwierig, bemerkte einer der Männer.

Nicht für den Zweiten, sagte ein anderer. *Er hat wohl auf dem Heck ein Nickerchen gemacht und geträumt, dass seine Schwiegermutter ihn besuchen kommen würde – in freundlicher Absicht.*

Diese Bemerkung löste einiges Gelächter aus, und ich erwischte mich dabei, wie ich mit dem Rest der Mannschaft feixte, obwohl ich keinen Grund hatte, ihre Ansicht zu teilen, dass da überhaupt nichts war.

Es kann ein blinder Passagier gewesen sein, wisst ihr, hörte ich Quoin sagen, derjenige, der das schon vorgebracht hatte, als Bemerkung gegenüber einem der ABs* [* ausgebildeter Matrose], namens Stubbins – ein kleiner, eher mürrisch aussehender Geselle.

Es könnte einer aus der Hölle gewesen sein, entgegnete Stubbins. *Bei den blinden Passagieren gibt es keine solchen Verrückten.*

Ich weiß, sagte Ersterer, *ich wünschte, ich hätte den zweiten Maat gefragt, was er darüber denkt.*

Ich denke irgendwie nicht, dass es ein blinder Passagier war, warf ich ein. *Was könnte ein blinder Passagier da oben wollen? Ich denke, er würde sich eher für die Vorratskammer des Stewards entscheiden.*

Du kannst darauf wetten, dass er das immer machen würde, sagte Stubbins. Er steckte seine Pfeife an und zog langsam daran.

Ich verstehe das Ganze nicht, bemerkte er nach einem Moment des Schweigens. *Ich auch nicht,* sagte ich. Und danach war ich für eine Weile still und hörte zu, wie sich die Konversation über dieses Thema entwickeln würde.

Gleichzeitig fiel mein Blick auf Williams, der Mann, der mit mir über die 'Schatten' gesprochen hatte. Er saß rauchend in seiner Koje und machte keine Anstrengungen, sich an dem Gespräch zu beteiligen.

Ich ging zu ihm rüber. *Was hältst du von all dem Williams?*, fragte ich. *Denkst du, dass der Zweite wirklich etwas gesehen hat?*

Er schaute mich an, in einer Art von finsterem Argwohn, sagte aber nichts.

Ich war ein wenig verärgert über sein Schweigen, ließ mir aber nichts anmerken. Nach einigen Momenten fuhr ich fort: *Weißt du Williams, ich beginne zu verstehen, was du in dieser Nacht gemeint hast, als du sagtest, da wären zu viele Schatten.*

Was meinst du?, sagte er und nahm die Pfeife aus dem Mund, ein wenig überrumpelt, antworten zu müssen.

Was ich sage, natürlich, sagte ich. *Da sind zu viele Schatten.*

Er setzte sich auf, lehnte sich in seiner Koje nach vorne und streckte seine Hand mit der Pfeife vor. Seine Augen zeigten deutlich die Aufregung.

Hast du sie gesehen? Er zögerte, schaute mich an und kämpfte innerlich, sich auszudrücken.

Nun?, forderte ich ihn auf.

Für vielleicht eine Minute, versuchte er etwas zu sagen. Dann änderte sich sein Ausdruck, von Zweifeln und etwas eher Unbestimmten, in ein grimmiges Aussehen der Entschlossenheit.

Dann sprach er: *Ich bin verdammt, wenn ich nicht meinen Lohn aus dem Schiff heraushole, Schatten oder keine Schatten.*

Ich schaute ihn erstaunt an. *Was hat das damit zu tun, ob du deinen Lohn aus dem Schiff herausholst?*, fragte ich.

Er nickte mit seinem Kopf in einer Art behäbiger Entschiedenheit. *Schau her,* sagte er.

Ich wartete.

Die Mannschaft ging von Bord, er zeigte mit seiner Hand in Richtung Hinterschiff.

Du meinst in Frisco?, sagte ich.

Ja, antwortete er. *Und ohne einen Cent ihres Lohns. Ich blieb.*

Plötzlich verstand ich ihn. *Du denkst, sie sahen* – ich zögerte, dann sagte ich: *Schatten?*

Er nickte, sagte aber nichts.

Und so sind sie alle abgehauen?

Er nickte wieder und begann damit, seine Pfeife an der Ecke seines Kojenbretts auszuklopfen.

Und die Offiziere und der Skipper?*, fragte ich [* hier der Kapitän gemeint].

Alle frisch an Bord gekommen, sagte er und kam aus seiner Koje heraus, da der achte Glockenschlag erklang.

IV. Die Täuschung mit dem Segel

Es war Freitagnacht, als der zweite Maat die obere Wache hatte und nach dem Mann auf dem Hauptmast Ausschau hielt. Für die nächsten fünf Tage wurde kaum über etwas anderes gesprochen, obwohl, mit Ausnahme von Williams, Tammy und mir, niemand daran zu denken schien, die Sache wirklich ernst zu nehmen.

Vielleicht sollte ich auch Quoin nicht ausnehmen, der bei jeder Gelegenheit immer noch darauf beharrte, dass da ein blinder Passagier an Bord sei.

Was den zweiten Maat anbelangt, habe ich jetzt kaum noch Zweifel, dass er im Begriff war, die Dinge zu begreifen und dass es da etwas geben musste, tiefer gehend und weniger erklärbar, als er es sich zunächst vorgestellt hatte.

Nichtsdestotrotz musste er gleichwohl seine Überlegungen und halb-geformten Meinungen für sich behalten, da ihn der Alte und der erste Maat gnadenlos mit seinem 'Schreckgespenst' aufgezogen hatten. Ich bekam diese Information von Tammy, der beide gehört hatte, wie sie ihn ständig foppten, während der zweiten Hundewache*.

[* die erste geht von 16:00 bis 18:00 Uhr, die zweite von 18:00 bis 20:00 Uhr. Diese entsprechen jeweils der Hälfte einer normalen Wache von vier Stunden, um den Rhythmus der routinemäßigen Wachzeiten zu verändern].

39

Da gab es noch eine andere Sache, die mir Tammy erzählte und die mir zeigte, wie sehr sich der zweite Maat darüber Sorgen machte, dass er sich das mysteriöse Erscheinen und Verschwinden des Mannes, den er da oben gesehen hatte, nicht erklären konnte. Er brachte Tammy dazu, ihm jedes Detail zu geben, an das er sich erinnern konnte, bezüglich des Mannes, den wir an der Logrolle gesehen hatten.

Was noch hinzukam, war, dass der Zweite nicht den Anschein machte, die Sache auf die leichte Schulter zu nehmen, sondern ernsthaft zuhörte und viele Fragen stellte. Es ist unzweifelhaft für mich, dass er nach der einzig möglichen Schlussfolgerung suchte, doch Gott weiß, dass sie unwahrscheinlich genug und eigentlich unmöglich war.

Es war in der Nacht von Mittwoch, nach fünf Tagen mit viel Gerede, welches ich erwähnt hatte, als mir und allen, die Bescheid wussten, ein weiteres Element der Furcht begegnete. Ich kann dennoch gut verstehen, dass diejenigen, die nichts gesehen hatten, wenig finden konnten, vor dem sie Angst haben mussten – Angst vor all dem, was ich Ihnen erzählen werde. Aber auch diese Männer waren ein wenig verwirrt und erstaunt und vielleicht auch, nach allem, was passiert war, ein wenig eingeschüchtert.

Bei diesen kommenden Ereignissen gab es so viel, was unerklärlich war, aber gleichzeitig auch eine Menge von Dingen, die natürlich und ganz normal waren. Denn, nach allem, was gesagt und getan wurde, blieb doch nicht mehr übrig, als das Fortfliegen eines der Segel, aber von wichtigen Details begleitet – wichtig im Sinne dessen, was Tammy, ich und auch der zweite Maat wussten.

40

Sieben Glockenschläge, und bald noch einer, waren in der ersten Wache vorbei, und unsere Seite wurde aufgeweckt, um die Kameraden aus der Wache des Maats abzulösen. Die meisten Männer waren schon raus aus ihren Kojen, saßen auf ihren Seekisten und zogen sich ihre Klamotten an.

Plötzlich streckte einer der Schiffsjungen von der anderen Wachmannschaft seinen Kopf zwischen den Türrahmen auf der Backbordseite.

Der Maat möchte wissen, sagte er, *wer von euch Kerlen das vordere Royalsegel befestigt hat, bei der letzten Wache.*

Warum will er das wissen?, fragte einer der Männer.

Die Leeseite wurde weggeweht, sagte der Schiffsjunge. *Und er sagte, dass der Kerl, der das befestigt hat, nach oben gehen soll, um nachzusehen, sobald die Wache abgelöst ist.*

Oh! Tut er das? Nun gut, ich war es sowieso nicht, antwortete der Mann. *Du musst besser einen der anderen fragen.*

Was fragen?, wollte Plummer wissen, der schläfrig aus seiner Kabine kam.

Der Schiffsjunge wiederholte die Meldung.

Der Mann gähnte und streckte sich.

Lass mich mal sehen, murmelte er und kratzte seinen Kopf mit einer Hand, während er mit der anderen nach seiner Hose griff.

Wer hat das vordere Royalsegel festgemacht, fragte er? Er zog die Hose an und stand auf. *Warum, der Matrosenanwärter natürlich, wen anderes, vermutest du?*, fuhr er fort.

Das ist alles, was ich wissen wollte, sagte der Schiffsjunge und ging weg.

Hallo Tom!, rief Stubbins dem Matrosenanwärter entgegen. *Wach auf, du fauler, junger Teufel. Der Maat hat gerade jemanden geschickt, mit der Frage, wer das vordere Royalsegel befestigt hat. Es hat sich gelöst und er sagt, du sollst vorbeikommen, sobald die achte Glocke schlägt, und es wieder festmachen.*

Tom sprang aus seiner Koje und begann schnell damit, sich anzuziehen. *Es hat sich gelöst, sagte er? Da gab es doch nicht so viel Wind und ich habe die Enden der Zeisinge* gut unter den anderen Windungen befestigt* [* kurze, dünne Sicherungsstricke].

Vielleicht ist eine der Zeisinge verrottet und hat nachgegeben, brachte Stubbins vor. *Jedenfalls beeilst du dich am besten, wir sind bald beim achten Glockenschlag.*

Eine Minute später kam er, der achte Glockenschlag, und wir gingen zusammen los zum Appell.

Sobald alle Namen aufgerufen waren, sah ich den Maat, wie er sich zum Zweiten rüber beugte und etwas sagte. Dann rief der zweite Maat: *Tom!*

Sir!, antwortete Tom.

Warst du das, der das vordere Royalsegel bei der letzten Wache befestigt hat?

Ja, Sir!, rief Tom.

Wie kommt es, dass es sich gelöst hat?, fragte der Maat.

Kann ich nicht sagen, Sir, kam Toms Antwort.

Der Maat schaute ihn scharf an: *Nun, das hat es sich aber und du gehst jetzt besser rauf und befestigst die Zeisinge um es herum. Und denk daran, dieses Mal einen besseren Job zu machen.*

Aye, aye, Sir!, sagte Tom und folgte dem Rest von uns nach vorne.

Als wir die vorderste Takelage erreicht hatten, stieg er hinein und machte sich gemächlich auf den Weg nach oben. Ich konnte ihn ziemlich deutlich sehen, da der Mond, obwohl im Abnehmen begriffen, hell und klar war.

Ich ging rüber zur Nagelbank auf der Wetterseite, lehnte mich dagegen und beobachtete ihn, während ich mir meine Pfeife stopfte. Die anderen Männer, sowohl die Wache an Deck, als auch die untere Wachmannschaft, sind derweil ins Vorschiff gegangen.

Es schien so, dass ich wohl der Einzige war, der sich auf dem Hauptdeck befand. Jedoch, eine Minute später, fand ich heraus, dass ich falsch lag. Denn, als ich fortfuhr, die Pfeife anzustecken, sah ich Williams, den jungen Cockney, der unter der Leeseite des Vorbaus hervorkam, sich umdrehte und nach oben zum Matrosenanwärter sah, der stetig höher ging.

Ich war ein wenig überrascht, denn ich wusste, dass er und drei andere gerade beim Pokerspiel waren und er bereits Tabak im Wert von über sechzig Pfund gewonnen hatte. Ich denke, ich öffnete gerade meinen Mund um ihm zuzurufen, weil ich herausfinden wollte, warum er nicht mehr beim Spiel war.

Dann kam mir aber plötzlich die erste Unterhaltung in den Sinn, die ich mit ihm hatte. Ich erinnerte mich, dass er gesagt hatte, in der Nacht seien immer Segel weggeflogen.

Auch die seinerzeit unerklärliche Betonung, die er in die drei Worte *'in der Nacht'* legte, kam mir zurück ins Gedächtnis, und ich fühlte plötzlich die Angst.

Augenblicklich realisierte ich auch die Absurdität, dass sich ein Segel löst – sogar ein schlecht befestigtes – bei solch gutem und ruhigem Wetter, wie wir es im Moment hatten.

Ich wunderte mich, nicht früher bemerkt zu haben, dass an der Geschichte etwas faul und unwahrscheinlich war. Segel lösen sich nicht bei gutem Wetter, in einer ruhigen See und bei einem Schiff, stabil wie ein Felsen.

Dann bewegte ich mich von der Reling weg und ging in die Richtung von Williams. Er wusste etwas oder dachte jedenfalls an etwas, dass mir zu dieser Zeit noch sehr verborgen war.

Über uns stieg der Junge hoch, aber zu was? Das war die Sache, die mir so Angst machte. Sollte ich alles sagen, was ich wusste und dachte? Und dann, wem sollte ich es sagen? Man würde mich nur auslachen – ich…

Williams drehte sich zu mir und sprach: *Gott!*, sagte er, *es ist wieder losgegangen!*

Was?, sagte ich, obwohl ich wusste, was er meinte.

Diese Segel, antwortete er und machte eine Geste in Richtung des vorderen Royalsegels.

Ich schaute kurz hinauf. Die ganze Leeseite des Segels hatte sich gelöst, von der mittleren Zeising, bis nach außen. Darunter sah ich Tom, der sich gerade zum Bramsegel hochzog.

Williams sprach wieder: *Wir haben auf der Herfahrt zwei auf die gleiche Weise verloren, die heruntergeflogen sind.*

Meinst du zwei der Männer!?, fragte ich.

Ja, sagte er lapidar.

Ich verstehe das nicht, fuhr ich fort, *ich habe nie etwas davon gehört.*

Wer hätte dir denn davon erzählen sollen?, fragte er.

Ich gab keine Antwort auf seine Frage; in der Tat hatte ich sie kaum wahrgenommen. Mich beschäftigte mehr, was ich tun sollte in der Sache, die mir wieder in den Sinn kam.

Ich habe Lust nach achtern zu gehen und dem zweiten Maat alles zu sagen, was ich weiß, sagte ich. *Er hat selbst etwas gesehen, dass er nicht erklären kann – und außerdem kann ich diesen Zustand der Dinge nicht ertragen. Wenn der zweite Maat alles wüsste…*

Unsinn!, warf er ein und unterbrach mich. *Damit er dich einen verdammten Idioten nennt. Nicht du. Du bleibst, wo du bist!*

Ich stand unschlüssig da. Was er sagte, war völlig verständlich und ich war wirklich verwirrt, was am besten zu tun sei. Dass es da oben eine Gefahr gab, davon war ich aber fest überzeugt. Obwohl, wenn man mich nach den Gründen gefragt hätte, dies anzunehmen, wären sie schwer zu finden gewesen. Was jedoch deren Existenz anbelangt, war ich mir gleichzeitig gewiss, da sie meine Augen schon wahrgenommen hatte.

45

Schließlich fragte ich mich, da ich so unsicher war, wie diese Gefahr aussehen würde und ob ich sie aufhalten könnte, wenn ich mit zu Tom auf die Rah ginge. Diese Gedanken gingen mir durch den Kopf, als ich zum Royalsegel hoch starrte.

Tom hatte das Segel erreicht und stand auf der Fußleine, nahe zur Mitte hin. Er beugte sich über die Rah und griff nach unten, um das Ende des Segels zu greifen.

Und dann, als ich so nach oben schaute, sah ich den Bauch des Royalsegels, der sich abrupt auf und ab bewegte, so, als hätte es ein plötzlicher Windstoß erfasst.

Ich bin verdammt –!, begann Williams zu sagen, mit einem Ausdruck von aufgeregter Erwartung. Und dann hielt er inne, so plötzlich, wie er begonnen hatte, denn – in einem Moment – ist das Segel direkt über die Rah geschlagen und hat Tom komplett aus dem Fußseil gehauen.

Mein Gott!, rief ich, *er ist weg!*

Für einen Augenblick erschien alles über meinen Augen verschwommen. Williams rief etwas aus und begann zur vorderen Takelage zu laufen. Ich verstand nur den letzten Teil…

…die Zeising.

Sofort wusste ich, dass es Tom gelungen war, die Zeising zu fassen, als er im Fallen war und ich rief Williams hinterher, dem jungen Burschen zu helfen, in Sicherheit zu gelangen.

Unten auf dem Deck vernahm ich den Klang rennender Füße und dann die Stimme des zweiten Maats. Er fragte, was zum Teufel vor sich ginge, aber ich machte mir nicht die Mühe, ihm zu antworten. Ich brauchte jetzt meinen ganzen Atem, um nach oben zu kommen.

Ich wusste nur zu gut, dass einige der Zeisinge nicht viel taugten, und wenn Tom nicht etwas auf der Rah des Bramsegels unter ihm zu fassen bekommen hat, könnte er jeden Moment abstürzen.

Als ich das Toppsegel erreichte, zog ich mich schnell darüber hinweg. Williams war noch ein ziemliches Stück über mir. In weniger als einer Minute erreichte ich die Rah des Bramsegels. Williams war nach oben auf das Royalsegel gegangen. Ich glitt die Fußleine entlang, bis ich genau unterhalb von Tom war. Dann rief ich ihm zu, sich zu mir herunterzulassen, damit ich ihn auffangen kann.

Er gab keine Antwort. Ich sah, dass er sich in einer seltsam kraftlosen Weise festhielt und nur mit einer Hand.

Die Stimme von Williams kam zu mir herunter vom Royalsegel. Er rief mir zu, höher zu gehen und ihm zu helfen, Tom auf die Rah zu ziehen. Als ich ihn erreichte, sagte er mir, dass sich die Zeising um das Handgelenk des Burschen gewickelt hatte. Ich beugte mich über die Rah und blickte nach unten. Es war, wie Williams sagte, und ich realisierte, wie knapp die Sache gewesen war.

Seltsam genug, sogar in diesem Moment kam mir ins Bewusstsein, wie wenig Wind es gab. Ich erinnerte mich aber gleichzeitig auch an die wilde Art und Weise, wie das Segel auf den Jungen einschlug.

Die ganze Zeit war ich sehr damit beschäftigt, das Zugseil auf der Backbordseite loszumachen. Ich nahm das Ende, machte einen Palstek* [*gebräuchlicher Seemannsknoten] rund um die Zeising und ließ die Seite mit der Schlaufe herunter, über den Kopf und die Schultern des Jungen. Dann spannte ich das Seil und befestigte es unter seinen Armen.

Einen Augenblick später hatten wir ihn sicher auf der Rah zwischen uns. Im ungewissen Mondlicht konnte ich die Anzeichen einer großen Schwellung auf seiner Stirn erkennen, dort, wo ihn das Ende des Segels erwischt haben muss, als es ihn herunterhaute.

Für einen Moment standen wir da und atmeten tief durch. Dann vernahm ich die Stimme des zweiten Maats nahe unter uns. Williams blickte herunter, dann schaute er mich an und schickte mir ein kurzes, grunzendes Lachen.

Meine Güte!, sagte er.

Was gibt's?, sagte ich schnell.

Er schüttelte seinen Kopf vor und zurück. Ich drehte mich ein wenig herum, indem ich die Segelhalterung mit einer Hand festhielt und mit der anderen den regungslosen Matrosenanwärter stabilisierte. Auf diese Weise konnte ich nach unten sehen. Zuerst sah ich nichts. Dann kam die Stimme des zweiten Maats wieder zu mir herauf: *Wo zur Hölle bist du, was machst du?*

Jetzt konnte ich ihn sehen. Er stand mit dem Fuß auf der Takelage des Bramsegels, sein Gesicht war nach oben gewandt und starrte um die hintere Seite des Masts herum. Es zeigte sich mir nur als ein verzerrtes, bleiches Oval im Mondlicht.

Er wiederholte seine Frage.

Es sind Williams und ich, Sir, sagte ich, *Tom hier hatte einen Unfall.*

Ich hielt inne. Er begann damit, höher hinauf zu uns zu kommen. Aus der Takelage auf der Leeseite kam plötzlich Stimmengewirr.

Der zweite Maat hatte uns erreicht.

Nun, was gibt es denn?, fragte er misstrauisch nach. *Was ist passiert?*

Er hatte sich vorgebeugt und starrte auf Tom. Ich begann zu erklären, aber er schnitt mir das Wort ab, mit der Frage: *Ist er tot?*

Nein, Sir, sagte ich. *Ich denke nicht, aber der arme Bursche hatte einen schlimmen Sturz. Er hing an der Zeising, als wir ihn geborgen haben. Das Segel hat ihn von der Rah gehauen.*

Was?, sagte er scharf.

Der Wind hat das Segel erfasst und es schlug zurück über die Rah.

Was für ein Wind?, unterbrach er mich. *Da gibt es keinen Wind, kaum einen. Was meint ihr?*

Ich meine, was ich sage, Sir. Der Wind hat das Ende des Segels über die Spitze der Rah gebracht und Tom sauber von den Füßen gehauen. Williams und ich, beide von uns, haben gesehen, wie es passiert ist.

Da gibt es aber keinen Wind, der so etwas machen könnte. Du redest Unsinn!

Es erschien mir so, dass da mehr Fassungslosigkeit in seiner Stimme war, als irgendetwas anderes. Ich konnte bemerken, dass er misstrauisch war. Jedoch glaube ich, wegen was genau, könnte er selbst nicht gesagt haben.

Er schaute auf Williams und es schien so, dass er gerade etwas aussprechen wollte. Dann änderte etwas seine Absicht. Er drehte sich herum und rief einem der Männer, die ihm gefolgt waren zu, er solle runtergehen und eine Spule von neuem 3-Zoll Manila Seil* [* starkes, gedrehtes Seil] herausholen und eine Winde.

Schnell jetzt!, sagte er noch.

Aye, aye, Sir!, sagte der Mann und begab sich flugs nach unten.

Der zweite Maat drehte sich zu mir: *Wenn du Tom unten hast, wünsche ich eine bessere Erklärung von all dem, denn diese, die du mir gegeben hast, reicht mir nicht.*

Sehr wohl, Sir!, antwortete ich. *Sie werden aber keine andere bekommen.*

Was meinst du?, schrie er mich an. *Ich sage dir, dass ich keine Unverschämtheiten von dir oder irgendjemand anderem dulde!*

Ich hatte nicht die Absicht, unverschämt zu sein, Sir, sagte ich. *Ich meine, dass das die einzige Erklärung ist, die gegeben werden kann.*

Ich sage dir, sie reicht nicht!, wiederholte er. *Da ist etwas an der ganzen Sache, das zu verdammt witzig ist. Ich muss die Angelegenheit dem Kapitän melden und kann ihm dieses Garn nicht auftischen –* er brach abrupt ab.

Das ist nicht die einzige verdammt witzige Sache, die auf diesem alten Kahn passiert ist, antwortete ich. *Sie müssen das wissen Sir.*

Was meinst du, fragte er schnell.

Nun, Sir, sagte ich, *um es geradeheraus zu sagen, was war mit dem Burschen, den Sie uns, den Hauptmast hoch, nachjagen ließen, die andere Nacht? Das war eine Sache, die witzig genug war, oder nicht? Diese hier ist halb so witzig.*

Das reicht, Jessop!, sagte er ärgerlich. *Ich dulde keine Widerworte!* Es war jedoch etwas in seinem Tonfall, was mir sagte, dass ich selbst einen Punkt gemacht hatte. Er schien auf einmal weniger in der Lage sein zu glauben, dass ich ihm ein Märchen erzählt hatte.

Danach sagte er für eine halbe Minute nichts. Ich denke, er hat stark nachgedacht. Als er wieder sprach, drehte es sich nur noch darum, den Matrosenanwärter unter Deck zu bringen.

Einer von euch muss auf die Leeseite, um den Burschen zu stabilisieren, schloss er.

Er drehte sich um und schaute nach unten. *Bringst du die Hebeleine?,* rief er aus.

Ja, Sir!, hörte ich einen der Männer antworten.

Einen Moment später sah ich den Kopf des Mannes über dem Toppsegel. Er hatte die Winde um seinen Hals geschlungen und das Ende der Hebeleine war über seiner Schulter.

Schnell hatten wir das Seil angebracht und Tom unten auf dem Deck. Dann trugen wir ihn ins Vorschiff und legten ihn in seine Koje. Der zweite Maat hatte nach etwas Brandy geschickt und begann, ihn gut damit zu versorgen. Gleichzeitig rieben einige Männer seine Hände und Füße.

Nach kurzer Zeit machte er Anzeichen, wieder zu sich zu kommen. Nach einem plötzlichen Hustenanfall öffnete er sofort seine Augen, mit einem überraschten und fassungslosen Starren. Dann erfasste er das Ende seines Kojenbretts und setzte sich taumelig auf.

Einer der Männer hielt ihn, während der zweite Maat zurückstand und ihn kritisch beäugte. Der Junge schaukelte etwas, nachdem er sich aufgesetzt hatte, und führte seine Hand an den Kopf.

Hier, sagte der zweite Maat, *nimm noch einen Schluck!*

Tom schnappte nach Luft und hustete ein wenig. Dann sprach er. *Bei Gott!*, sagt er, *mein Kopf tut weh.*

Er nahm seine Hand wieder hoch und fühlte die Schwellung auf seiner Stirn. Dann beugte er sich vor und schaute herum auf die Männer, die sich um seine Koje herum aufgestellt hatten.

Was ist passiert?, fragte er, in einer konfusen Art und Weise, und es schien so, dass er uns nicht deutlich sehen konnte.

Was ist passiert?, fragte er wieder.

Das ist genau, was ich von dir wissen will, sagte der zweite Maat und sprach dabei das erste Mal mit Strenge.

Ich habe doch nicht geschlafen, als es eine Arbeit zu tun gab?, fragte Tom ängstlich. Er schaute flehentlich in die Runde der Männer.

Es hat ihn K. o. geschlagen, so kommt es mir vor, sagte einer der Männer, gut hörbar.

Nein, sagte ich in Beantwortung von Toms Frage, *du hast…*

Halt den Mund, Jessop!, sagte der Maat und unterbrach mich abrupt. *Ich will hören, was der Junge selbst dazu zu sagen hat.*

Er drehte sich wieder Tom zu: *Du warst oben auf dem vorderen Royalsegel?*, sagte er sofort.

Ich kann es nicht sagen, Sir, ob ich es war, sagte Tom zweifelnd. Ich konnte sehen, dass er nicht begriffen hatte, was der zweite Maat von ihm wollte.

Aber du warst oben, sagte der Zweite mit einiger Ungeduld. *Es hatte sich gelöst und ich habe dich rauf geschickt, um eine Zeising darum zu befestigen.*

Gelöst, Sir?, sagte Tom benommen.

Ja, gelöst!, sagte der zweite Maat. *Spreche ich nicht klar genug?*

Die Benommenheit wich plötzlich aus Toms Gesicht. *So war es, Sir*, sagte er, und seine Erinnerung kam zurück. *Das verdammte Segel bekam eine pralle Ladung vom Wind. Es erwischte mich mit einem Schlag ins Gesicht.*

Er hielt einen Moment inne. *Ich denke –* begann er und unterbrach erneut.

Komm, weiter, sagte der zweite Maat, *spuck es aus!*

Ich weiß nicht, Sir, sagte Tom. *Ich verstehe es nicht –* er zögerte wieder. *Das ist alles, an was ich mich erinnern kann*, stotterte er und hob die Hand an die Schwellung seiner Stirn, so als wollte er sich an etwas erinnern.

In der augenblicklichen Stille, die folgte, erhaschte ich die Stimme von Stubbins: *Da gab es doch kaum Wind*, sagte er in einem ratlosen Ton. Es gab ein leises Gemurmel der Zustimmung von den umherstehenden Männern.

Der zweite Maat sagte nichts und schaute neugierig auf ihn. War er dabei zu verstehen, fragte ich mich, wie sinnlos es war eine vernünftige Erklärung für die Sache zu finden? Hat er es schließlich geschafft, das alles mit dem seltsamen Vorgang des Mannes auf dem Hauptmast in Verbindung zu bringen?

Ich bin nun geneigt, anzunehmen, dass es so war, denn, nachdem er einige Augenblicke in einer unsicheren Art und Weise auf Tom gestarrt hatte, ging er hinaus aus dem Vorschiff und sagte, er würde am nächsten Morgen mehr in der Sache nachfragen.

Und was die Meldung an den Skipper anbelangt, glaube ich nicht, dass er das wirklich gemacht hat. Selbst wenn, muss es in einer sehr beiläufigen Weise gewesen sein, da wir nichts mehr davon hörten. Natürlich haben wir untereinander intensiv über die Sache gesprochen.

Was den zweiten Maat anbelangt, bin ich sogar jetzt noch verwundert über seine Haltung, die er da oben uns gegenüber eingenommen hatte. Manchmal denke ich mir, dass er uns im Verdacht hatte, wir würden ihm irgendeinen Streich spielen – vielleicht hatte er zu dieser Zeit auch die vage Vermutung, dass einer von uns etwas mit der anderen Sache zu tun hatte.

Oder, andererseits, könnte er gegen die in ihm aufkommende Überzeugung angekämpft haben, dass es da wirklich etwas Unmögliches und Bestialisches in Bezug auf den alten Postsegler gab. Natürlich sind das alles nur Vermutungen.

Sehr bald aber gab es weitere Entwicklungen.

V. Das Ende von Williams

Wie ich schon sagte, gab es eine Menge Gespräche innerhalb unserer Gruppe, vorne auf dem Schiff, wegen Toms seltsamen Unfall. Keiner der Männer wusste, dass Williams und ich dabei waren, als es passiert ist. Stubbins vertrat die Meinung, dass Tom nur schläfrig war und die Fußleine verfehlte.

Natürlich konnte Tom das keinesfalls akzeptieren. Er hatte aber niemanden, an den er sich wenden konnte, da er zu diesem Zeitpunkt, genauso wie der Rest der Mannschaft, nicht wusste, dass wir gesehen haben, wie das Segel über die Rah geschlagen ist.

Stubbins bestand darauf, dass es nicht der Wind gewesen sein konnte. Es gab keinen, sagte er, und der Rest der Männer stimmte ihm zu.

Ich mischte mich ein: *Gut*, sagte ich, *ich weiß nicht alles davon, aber ich bin ein wenig geneigt, zu denken, dass Toms Geschichte der Wahrheit entspricht.*

Wie kommst du darauf, fragte Stubbins ungläubig. *Es gab da nicht genug Wind.*

Was ist mit der Stelle auf seiner Stirn?, fragte ich zurück. *Wie willst du das erklären?*

Ich denke, er ist da selbst angeschlagen, als er ausrutschte, antwortete er.

So wird es wohl gewesen sein, stimmte der alte Jaskett zu, der auf einer Truhe in der Nähe saß und rauchte.

Nun, ihr beide liegt verdammt weit daneben, warf Tom ein, ziemlich aufgeheizt. *Ich habe nicht geschlafen, und das Segel hat mich zum Teufel noch mal getroffen.*

Sei nicht unverschämt, junger Bursche!, sagte Jaskett.

Ich beteiligte mich wieder am Gespräch: *Da gibt es noch etwas, Stubbins,* sagte ich. *Die Zeising, an der Tom hing, war auf der Hinterseite der Rah. Das sieht so aus, als wäre das Segel über sie geklappt. Wenn es genug Wind gab, das eine zu bewirken, dann erscheint es mir, dass er auch das andere bewirkt haben könnte.*

Meinst du, sie war unter der Rah oder über sie hinweg?, fragte er.

Natürlich drüber hinweg. Dazu kommt, dass das Ende des Segels in einer Schlaufe über dem hinteren Teil der Rah hing.

Stubbins war davon schlicht überrascht, und bevor er bereit war für seinen nächsten Einwand, sprach Plummer: *Wer hat das gesehen?*, fragte er.

Ich sah es!, sagte ich, ein wenig scharf. *So tat es auch Williams und, was das anbelangt – auch der zweite Maat.*

Plummer fiel ins Schweigen zurück und rauchte, aber aus Stubbins brach es erneut heraus: *Ich denke, dass Tom einen Halt auf der Fußleine gefunden hat und an der Zeising, die er dann über die Rah zog, als er stolperte.*

Nein!, unterbrach Tom. *Die Zeising war unter dem Segel. Ich konnte sie noch nicht einmal sehen. Und ich hatte keine Zeit gehabt das Fußende des Segels zu fassen, bevor es hochkam und mir ins Gesicht geschlagen ist.*

Wie hast du denn die Zeising fassen können, als du gefallen bist?, fragte Plummer.

Er hat sie nicht zu fassen bekommen, antwortete ich für Tom. *Sie hat sich um sein Handgelenk gewunden, und so haben wir ihn gefunden.*

Sagst du, er hat die Zeising nicht fassen können?, fragte Quoin und unterbrach das Anstecken seiner Pfeife.

Natürlich tue ich das, erklärte ich. *Ein Bursche kann sich doch nicht an einem Seil festhalten, wenn er ziemlich hart K. o. geschlagen wurde.*

Du hast recht, stimmte Jock zu. *Du hast verdammt recht, Jessop.*

Quoin war fertig mit dem Anstecken seiner Pfeife. *Ich weiß nicht*, sagte er.

Ich fuhr fort, ohne von ihm Notiz zu nehmen: *Egal wie, als Williams und ich ihn gefunden hatten, hing er an der Zeising, die sich ein paar Mal um seine Hand gewickelt hatte. Und außerdem, wie ich vorher schon sagte, hing das Fußende des Segels über die Seite der Rah, und Toms Gewicht an der Zeising hielt es dort fest.*

Das ist verdammt verrückt, sagte Stubbins mit verwirrter Stimme. *Es scheint, dass es keinen Weg gibt, eine vernünftige Erklärung für all das zu finden.*

Ich schaute zu Williams, um vorzuschlagen, dass ich alles erzählen würde, was wir gesehen haben, aber er schüttelte den Kopf, und nach einem Moment des Nachdenkens erschien es mir, dass damit auch nichts gewonnen würde, wenn ich dies täte.

Wir hatten keine klare Vorstellung von der Sache, die da passiert ist. Unsere halben Fakten und Vermutungen hatten eher die Tendenz, die Sache noch grotesker und unwahrscheinlicher zu machen.

Das Einzige, was getan werden konnte, war zu warten und aufzupassen. Wenn wir nur etwas konkret Fassbares erwischen würden, dann könnten wir alles erzählen, was wir wussten, ohne dass wir uns dem Gespött aussetzen würden.

Ich wurde abrupt aus meinen Gedanken gerissen. Stubbins sprach wieder. Er diskutierte die Sache mit einem der anderen Männer: *Sieh mal, da gab es keinen Wind, kaum einen, die Sache ist unmöglich, und doch…*

Der andere Mann unterbrach mit einer Bemerkung, die ich nicht erhaschen konnte.

Nein, hörte ich Stubbins sagen. *Mir fällt dazu nichts mehr ein. Ich verstehe es kein bisschen. Es ist zu sehr wie ein verdammtes Märchen.*

Schau auf sein Handgelenk, sagte ich. Tom hielt seine rechte Hand und den Arm zur Begutachtung heraus. Es war alles beträchtlich angeschwollen, dort wo die Leine herumgewickelt war.

Ja, gab Stubbins zu. *Das ist völlig klar, aber es sagt uns gar nichts.*

Ich gab keine Antwort. In der Tat – wie Stubbins meinte – es sagte uns gar nichts. Und dabei beließ ich es.

Nichtsdestotrotz habe ich Ihnen das alles erklärt, um zu zeigen, wie man im Vorschiff über die Angelegenheit dachte.

Jedoch, unsere Gedanken waren damit nicht sehr lange beschäftigt, denn – wie gesagt – es gab weitere Entwicklungen.

Die drei folgenden Nächte gingen zunächst ruhig vorüber und dann, in der vierten, gipfelten alle diese kuriosen Zeichen und Hinweise in etwas außerordentlich Grausigem.

Dennoch, alles war so subtil und unbegreiflich, wie auch die spezielle Angelegenheit selbst, sodass nur diejenigen, die tatsächlich mit dem eindringenden Schrecken in Berührung gekommen waren, wirklich in der Lage zu sein schienen, das Grauen der Dinge zu verstehen.

Die meisten der Männer sagten nur, dass das Schiff unglückselig war und natürlich – wie immer – gab es Gerede über einen Jonas* [* eine Unglück bringende Person] auf dem Schiff. Trotzdem kann ich nicht sagen, dass keiner realisiert hätte, dass es da etwas Schreckliches und Angsteinflößendes gab. Ich war mir sicher, dass es einige verstanden hatten – ein wenig jedenfalls.

Und ich denke, Stubbins war bestimmt einer von den, die etwas ahnten, obwohl ich der Überzeugung war, dass er, zu diesem Zeitpunkt, wissen Sie, nicht ein Viertel der wirklichen Bedeutung der verschiedenen verrückten Dinge verstehen konnte, die unsere Nächte gestört hatten. Es gelang ihm irgendwie nicht, das Element der persönlichen Gefahr zu erfassen, was für mich allerdings schon deutlich war. Ihm fehlte wohl die rechte Vorstellungskraft, um die Dinge zusammenzufügen und der Spur des Ablaufs der Ereignisse und ihrer Entwicklung zu folgen.

Dabei darf ich nicht vergessen zu erwähnen, dass er keine Kenntnisse von den ersten zwei Vorkommnissen hatte. Wenn er diese hätte, würde er vielleicht dort gestanden haben, wo ich schon war. So wie jetzt konnte er nicht weiter denken, noch nicht einmal in der Sache mit Tom und dem vorderen Royalsegel.

Dann jedoch, nach der Sache, die ich Ihnen gleich erzählen werde, schien er auch ein kleines Stück des Weges in der Dunkelheit zu sehen und Möglichkeiten zu realisieren.

Ich erinnere mich sehr gut an die vierte Nacht. Es war eine klare, sternenbeleuchtete, mondlose Art von Nacht. Ich denke jedenfalls, dass der Mond noch nicht da war. Zumindest hätte er vielleicht ein wenig größer sein können als eine dünne Sichel, da es fast dunkel war.

Der Wind hatte ein wenig aufgefrischt, war aber noch beständig. Wir glitten entlang, mit ungefähr sechs oder sieben Knoten in der Stunde. Es war unsere mittlere Wache an Deck und das Schiff war erfüllt mit dem Blasen und Brummens des Windes über uns.

Williams und ich waren die Einzigen auf dem Hauptdeck. Er lehnte sich über die Nagelbank und rauchte, während ich auf und ab lief, zwischen ihm und der vorderen Luke. Stubbins war auf dem Ausguck.

Einige Minuten zuvor waren zwei Glockenschläge vorbei, und ich wünschte mir bei Gott, es wäre 8 Uhr und Zeit hereinzugehen. Plötzlich, oberhalb von uns, gab es einen scharfen Knall, wie von einem Gewehrschuss. Danach folgten sofort das Geknatter und Getöse von Segeltuch, das im Wind flatterte.

Williams sprang von der Reling weg und rannte einige Schritte. Ich folgte ihm, und gemeinsam starrten wir nach oben, um zu sehen, was da passiert war. Verschwommen konnte ich erkennen, dass das Luvschot* am Bramsegel weggeflogen ist.

[*Kette oder Seil zu Segelverstellung, hier an der Wetterseite]

Das Knäuel des Segels wirbelte und schlug in der Luft herum, und alle Augenblicke gab es der stählernen Rah einen Schlag, wie mit einem Vorschlaghammer.

Es ist der Bügel oder eine der Verbindungen, die weg sind, denke ich, rief ich Williams zu, über den Krach der Segel hinweg. *Das ist die Öse, die an der Rah anschlägt.*

Ja!, rief er zurück und ging, um das Geitau* zu packen. [* auch kurz 'Gei' genannt, ein Tau, welches dazu dient, die Segel 'aufzugeien' (hochzuziehen), damit der Wind keine Angriffsfläche mehr hat].

Ich rannte hin, um ihm zur Hand zu gehen. Im gleichen Moment vernahm ich von achtern die schreiende Stimme des Maats. Dann kamen die Geräusche von rennenden Füßen, und der Rest der Mannschaft, wie auch der zweite Maat, waren fast im gleichen Moment bei uns. In ein paar Minuten hatten wir die Rah heruntergelassen und das Segel aufgegeit.

Dann gingen Williams und ich nach oben, um zu sehen, was mit dem Seil los war. Es war ziemlich so, wie ich vermutet hatte. Die Öse schien in Ordnung zu sein, aber der Zapfen war aus dem Schäkel heraus, und der Schäkel selbst war in der Rille für die Umlenkrolle der Rah eingeklemmt.

Williams schickte mich herunter, um einen neuen Zapfen zu holen, während er das Geitau entwirrte und abwärts zum Luvschot reparierte. Als ich mit einem neuen Zapfen zurückkam, schraubte ich ihn in den Schäkel, verband ihn mit dem Zugseil und rief den Männern zu, am Tau zu ziehen. Dies taten sie, und mit dem zweiten Zug war der Schäkel frei.

Als es hoch genug war, ging ich rauf zum Bramsegel und hielt die Kette, während Williams sie mit der Fassung verband. Dann beugte er sich wieder zum Geitau und rief dem zweiten Maat zu, dass wir bereit waren zum Aufwinden.

Du gehst besser runter und hilfst beim Ziehen, sagte er. *Ich bleibe und beleuchte die Segel.*

Gut so, Williams, sagte ich und stieg in die Takelage. *Lass das Schiffsgespenst nicht mit dir weglaufen!*

Ich machte diese Bemerkung in einem Moment der Unbeschwertheit, die gelegentlich jeden überkommt, der sich hoch oben befindet.

Im Moment war ich beschwingt und ziemlich frei von dem Gefühl der Angst, welches mich in letzter Zeit befallen hatte. Ich glaube, dass dies auch der Frische des Windes zu verdanken war.

Da gibt es mehr als eines, sagte er in seiner eigentümlichen, kurzen Art.

Was?, fragte ich.

Er wiederholte seine Bemerkung. Ich war plötzlich wieder ernst gestimmt. Die Realität all dieser unmöglichen Vorfälle in den vergangenen Wochen kam zu mir zurück, lebhaft und scheußlich.

Was meinst du, Williams?, fragte ich ihn. Er hat aber seinen Mund gehalten und nichts gesagt.

Was weißt du – wie viel weißt du?, fuhr ich schnell fort. *Warum hast du mir nie gesagt, dass du…*

Die Stimme des zweiten Maats unterbrach mich abrupt: *Nun denn, ihr da oben, wollt ihr uns die ganze Nacht warten lassen? Einer von euch kommt runter und hilft uns beim Ziehen. Der andere bleibt oben und beleuchtet das Zeug.*

Aye, aye, Sir!, rief ich zurück. Dann drehte ich mich schnell zu Williams um.

Schau, Williams, sagte ich. *Wenn du glaubst, dass es eine echte Gefahr gibt, wenn du alleine hier oben bist* – ich hielt inne, um Worte zu finden, das auszudrücken, was ich meinte; dann fuhr ich fort: *Gut, dann bleibe ich – verdammt noch mal – oben mit dir!*

Die Stimme des zweiten Maats kam wieder: *Auf geht's, einer von euch! Bewegt euch! Was zum Teufel macht ihr?*

Ich komme, Sir!, rief ich aus.

Soll ich doch bleiben?, fragte ich Williams mit Bestimmtheit.

Unsinn, sagte er. *Beunruhige dich nicht. Ich hole wieder einen verdammten Tageslohn aus dem Schiff. Jag sie zum Teufel. Ich habe keine Angst vor ihnen.* Ich ging, und das waren die letzten Worte, die Williams einem lebenden Wesen gesagt hat.

Ich erreichte das Deck und reihte mich am Zugseil ein.

Die Rah war fast hochgezogen und der Maat schaute hoch zum dunklen Umriss des Segels, bereit dazu, ‚festmachen!‘ auszurufen, als da – ganz plötzlich – ein eigenartig gedämpfter Ausruf von Williams kam.

Hört auf zu ziehen, Männer!, rief der zweite Maat. Wir standen still da und lauschten.

Was ist das, Williams, rief er aus, *bist du in Ordnung?*

Für fast eine halbe Minute standen wir da und lauschten, aber es kam keine Antwort. Einige der Männer sagten später, dass sie von oben ein seltsames Klappern bemerkt hatten und ein schwingendes Geräusch, das schwach über dem Brummen und Wirbeln des Windes tönte. Wissen Sie, wie der Klang von losen Seilen, die herum wackeln und zusammenschlagen.

Ob man diese Geräusche wirklich hören konnte oder nur etwas waren, das – außer in ihrer Einbildung – nicht existierte, kann ich nicht sagen. Ich habe nichts davon gehört, aber zu diesem Zeitpunkt war ich ganz am Ende der Leine und am weitesten weg von der Takelage, während diejenigen, die das bemerkt haben wollen, vorne am Zugseil waren und nahe an den Wanten.

Der zweite Maat nahm seine Hände an den Mund: *Ist alles in Ordnung, mit dir da oben?*, rief er wieder.

Die Antwort kam, unverständlich und unerwartet, etwa so: *Geht zum Teufel... ich bin geblieben... habt ihr gedacht... vertreiben... verd-mmter Zahltag.* Und dann gab es eine plötzliche Stille.

Ich schaute erstaunt hinauf zum verschwommenen Segel.

Er ist ein komischer Kauz, sagte Stubbins, den man aus dem Ausguck gerufen hatte, um uns beim Ziehen zu helfen.

Er ist ein völlig Verrückter, sagte Quoin, der neben mir stand, *er war die ganze Zeit über verrückt.*

Ruhe da!, schrie der zweite Maat, und dann: *Williams!*

Es kam keine Antwort.

Williams!, rief er noch lauter.

Immer noch keine Antwort.

Dann: *Du verdammter Kerl, du überdrehtes Cockney-Krokodil! Kannst du nicht hören? Bist du, verdammt noch mal, taub?*

Es gab wieder keine Antwort, und der zweite Maat drehte sich mir zu: *Spring nach oben, hurtig jetzt, Jessop, und sieh nach, was da los ist!*

Aye, aye, Sir!, sagte ich und rannte zur Takelage. Ich hatte ein ziemlich eigenartiges Gefühl. Ist Williams verrückt geworden? Er war in der Tat immer ein wenig überdreht. Oder – und dieser Gedanke kam blitzartig – hatte er gesehen?... Ich beendete diese Überlegung nicht.

Plötzlich, als ich oben war, gab es einen furchterregenden Schrei. Ich hielt inne, meine Hand am Holm.

Im nächsten Moment fiel etwas aus der Dunkelheit herab – ein schwerer Körper, der auf dem Deck aufschlug, mit einem gewaltigen Krachen und einem lauten, schallenden und keuchenden Klang, der mich anekelte.

Mehrere Männer schrien laut in ihrer Furcht und ließen das Zugseil los, aber glücklicherweise wurde es von der Bremsvorrichtung gehalten und das Segel kam nicht herunter. Dann, für einige Sekunden, war Totenstille innerhalb der Menge und es erschien mir, dass sich darin der Wind mit einem seltsamen Ton untermischte.

Der zweite Maat war der Erste, der sprach. Seine Stimme kam so unvermittelt, dass ich mich erschreckte: *Holt eine Lampe, einer von euch, schnell jetzt!*

Es gab einen Moment des Zögerns.

Nimm eine der Lampen aus dem Kompasshäuschen, du, Tammy!

Aye, aye, Sir!, sagte der Junge mit zitternder Stimme und rannte nach hinten. In weniger als einer Minute sah ich das Licht entlang des Decks auf uns zukommen.

Der Junge rannte. Er erreichte uns und übergab die Lampe an den zweiten Maat. Dieser nahm sie und ging in Richtung des dunklen, zusammengepressten Haufens an Deck.

Er hielt die Lampe vor sich hin und starrte auf das Ding. *Mein Gott!*, sagte er. *Es ist Williams!*

Er ging mit dem Licht näher heran, ich konnte aber keine Einzelheiten erkennen; es war aber Williams, das war sicher.

Der zweite Maat befahl ein paar Männern, ihn hochzuheben und auf der Ladeluke auszustrecken. Dann ging er nach hinten und holte den Skipper.

Er kam nach ein paar Minuten mit einer alten Fahne zurück, die er über den Kerl legte. Fast gleichzeitig kam auch der Kapitän auf dem Deck nach vorne geeilt. Er zog ein Ende der Fahne nach hinten, schaute und legte es still zurück. Der zweite Maat erzählte in wenigen Worten, was er wusste.

Wollen Sie ihn liegen lassen, wo er ist, Sir?, fragte er, nachdem er von allem berichtet hatte.

Die Nacht ist schön, sagte der Kapitän. *Du kannst den armen Teufel ruhig so liegen lassen.*

Der Alte drehte sich um und ging langsam nach achtern. Der Mann, der jetzt das Licht hielt, schwenkte es so, dass man den Platz erkennen konnte, wo Williams aufgeschlagen war.

Plötzlich sprach der zweite Maat: *Einer von euch holt einen Besen und einen Eimer.* Dann sah er sich um und beorderte Tammy zum Heck.

Sobald er gesehen hatte, dass die Rah hochgezogen und die Leine freigemacht war, folgte er Tammy. Er wusste genau, dass es nicht gut für den Jungen war, wenn er sich in seinen Gedanken zu sehr mit dem armen Kerl auf der Ladefläche beschäftigen würde.

Ich fand ein wenig später heraus, dass er dem Schiffsjungen etwas aufgetragen hatte, was dessen Gedanken ablenken sollte.

Nachdem sie alle nach hinten gegangen waren, bewegten wir uns zum Vorschiff. Jeder war verdrossen und verängstigt. Für eine Weile saßen wir in unseren Kojen und auf den Truhen und keiner sagte ein Wort. In der Wache unten schliefen sie alle, und keiner von ihnen wusste, was passiert war.

Plötzlich stieg Plummer, dessen Aufgabe es gerade war das Steuerrad zu bedienen, über das Wasserschutzbrett auf der Steuerbordseite herüber und in das Vorschiff hinein.

Was gibt es denn?, fragte er. *Ist Williams schwer verletzt?*

Schsst!, sagte ich. *Du weckst die anderen auf. Wer hat das Steuerrad von dir übernommen?*

Tammy – der Zweite hat ihn geschickt. Er sagte, ich könnte nach vorne gehen und rauchen. Er sagte auch, dass Williams heruntergefallen ist.

Er unterbrach und schaute über das Vorschiff. *Wo ist er?*, fragte er mit verwirrter Stimme.

Ich schaute zu den anderen, aber niemand schien darüber sprechen zu wollen.

Er fiel von der Takelage des Bramsegels, sagte ich.

Wo ist er?, wiederholte er.

Zerschmettert, sagte ich. Er liegt auf der Abdeckung der Ladeluke.

Tot?, fragte er.

Ich nickte.

Ich habe schon vermutet, dass da etwas Schlimmes passiert sein musste, als ich den Alten nach vorne kommen sah. Wie ist es passiert? Er schaute rund herum auf unseren Haufen, wo jeder still dasaß und rauchte.

Keiner weiß es, sagte ich und blickte auf Stubbins. Ich bemerkte, wie er mich zweifelnd ansah.

Nach einem Moment der Stille sprach Plummer wieder: *Ich hatte ihn kreischen gehört, als ich am Steuerrad war. Er muss dort oben verletzt worden sein.*

Stubbins zündete ein Streichholz an und fuhr fort seine Pfeife anzustecken. *Was meinst du damit*, fragte er und sprach zum ersten Mal.

Was ich damit meine?, antworte Plummer. *Nun, ich kann es nicht sagen. Vielleicht hat er seine Finger eingeklemmt, zwischen dem Holm und dem Mast.*

Was war mit seinem Fluchen auf den zweiten Maat. War das deswegen, weil er seine Finger eingeklemmt hat?, warf Quoin ein.

Davon habe ich nichts gehört, sagte Plummer. *Wer hat das gehört?*

Ich würde denken, jeder in diesem verdammten Schiff hat ihn gehört, antwortete Stubbins. *Gleichzeitig bin ich mir aber nicht sicher, dass er auf den zweiten Maat geflucht hat. Ich dachte zuerst, dass er kauzig geworden ist und ihn verflucht hat, aber irgendwie scheint mir das nicht der Fall gewesen zu sein, wenn ich jetzt darüber nachdenke.*

Es hat keinen Grund gegeben, diesen Mann zu verfluchen. Da gab es nichts, weswegen man hätte fluchen sollen. Was noch hinzukommt, er schien nicht mit uns unten auf dem Deck zu sprechen – wie ich das ausmachen konnte. Und außerdem, warum sollte er mit dem Zweiten über seinen Zahltag sprechen?

Er schaute herüber, da wo ich saß. Jock, der ruhig auf der Truhe neben mir rauchte, nahm die Pfeife langsam aus seinen Zähnen.

Du liegst gar nicht so falsch, Stubbins, denke ich. Du liegst gar nicht so falsch, sagte er und nickte mit dem Kopf.

Stubbins starrte immer noch auf mich. *Was hast Du für eine Idee?*, sagte er kurz.

Ich mag mir das nur einbilden, aber da gab es etwas, das tiefer ging, als der bloße Sinn seiner Frage offenbarte. Ich schaute ihn an, hätte aber selbst nicht sagen können, was meine Idee war.

Ich weiß nicht, antwortete ich, ein wenig ausweichend. *Er hat mir nicht den Eindruck vermittelt, dass er über den zweiten Maat geflucht hat. Das ist alles, was ich sagen kann, nach meinem ersten Eindruck.*

Genau was ich sage, antwortete er. *Da gibt es noch eine andere Sache. Erscheint es dir nicht als verteufelt verrückt, dass Tom schon einmal fast heruntergefallen wäre, und nun das?*

Ich nickte. *Es wäre mit Tom das Gleiche passiert, wenn nicht die Zeising gewesen wäre.*

Er machte eine Pause. Nach einem Moment fuhr er fort: *Das war vor drei oder vier Nächten gewesen.*

Nun, sagte Plummer, *worauf willst du hinaus?*

Nichts, antwortete Stubbins. *Es ist nur verdammt verrückt. Es scheint mir, dass das Schiff nach allem doch unglückselig ist.*

Gut!, stimmte Plummer zu. *Die Dinge waren in letzter Zeit ein wenig seltsam gewesen und dann das, was heute Nacht passiert ist. Ich werde mich gut festhalten, wenn ich das nächste Mal hochgehe.*

Der alte Jaskett nahm die Pfeife aus seinem Mund und seufzte. *Die Dinge gehen einen falschen Weg, fast jede Nacht*, sagte er, fast pathetisch.

Dann fuhr er fort: *Es ist jetzt ein großer Unterschied von dem, wie es war, als wir mit dieser Reise begannen. Ich habe geglaubt, dass das alles völliger Blödsinn war, mit dem Schiff, auf dem es spuken soll. Anscheinend ist es das aber nicht.*

Er hielt in und hustete.

Auf dem Schiff spukt es nicht, sagte Stubbins. *Zumindest nicht so, wie du meinst…*

Er machte eine Pause, so, als wollte er einen schwer zu fassenden Gedanken erhaschen.

Nun?, fragte Jaskett in die Unterhaltung hinein.

Stubbins fuhr fort, ohne von der Frage Notiz zu nehmen. Es schien so, dass er nicht Jaskett, sondern mehr einem halb fertigen Gedanken in seinem eigenen Kopf antwortete: *Die Dinge sind verrückt – und das war ein schlechter Job heute Nacht. Ich habe nichts von dem verstanden, was Williams da oben gesagt hat. Ich habe manchmal gedacht, er würde sich um irgendetwas Gedanken machen…*

Dann, nach einer Pause von einer halben Minute, sagte er: *Zu wem hat er das gesagt?*

Was?, sagte Jaskett, und hatte dabei wieder einen verwirrten Gesichtsausdruck.

Ich habe darüber nachgedacht, sagte Stubbins und klopfte seine Pfeife an der Ecke der Truhe aus, *vielleicht hast du nach all dem doch recht.*

VI. Ein anderer Mann ans Steuerrad

Die Unterhaltung war abgeflaut. Wir waren verdrossen und aufgewühlt und ich merkte, dass mir einige Gedanken durch den Kopf gingen, die eher Sorgen bereiteten.

Plötzlich hörte ich den Klang der Trillerpfeife des Zweiten, und dann erschallte seine Stimme über das Deck: *ein anderer Mann ans Steuerrad!*

Er ruft nach jemandem, der nach hinten ans Steuerrad gehen und ablösen soll, sagte Quoin, der an die Türe gegangen war, um zu lauschen. *Du beeilst dich besser, Plummer!*

Was ist es diesmal?, fragte Plummer, der aufstand und seine Pfeife ausklopfte. *Es muss nahe dem vierten Glockenschlag sein, wer ist der Nächste am Steuerrad?*

Es ist schon in Ordnung, Plummer, sagte ich, und stand auf von der Truhe, auf der ich saß. *Ich gehe hin. Es ist sowieso bald meine Zeit am Steuerrad, und es fehlen nur wenige Minuten bis zum vierten Glockenschlag.*

Plummer setzte sich wieder hin und ich ging aus dem Vorschiff. Als ich am Heck angekommen war, sah ich Tammy, der auf der Leeseite auf und ab rannte.

Wer ist am Steuerrad, fragte ich ihn mit Erstaunen.

Der Zweite, sagte er mit einem Zittern in der Stimme. *Er wartet darauf, abgelöst zu werden. Ich erzähle dir alles, sobald ich die Gelegenheit dazu habe.*

Ich ging nach hinten ans Steuerrad.

Wer ist das?, fragte der zweite Maat.

Ich bin es, Jessop, Sir, antwortete ich.

Er gab mir den Kurs und dann, ohne ein weiteres Wort, ging er vorwärts über das Heck. Auf dem Vorbau hörte ich ihn Tammys Namen rufen und dann sprach er einige Minuten mit ihm, aber es war mir nicht möglich, zu hören, was er sagte.

Ich war nun sehr neugierig zu erfahren, warum der zweite Maat das Steuerrad übernommen hatte. Ich wusste, wenn es nur wegen einer schlechten Steuerung durch Tammy gewesen wäre, hätte er noch nicht einmal davon geträumt, so einen Zirkus zu veranstalten. Es muss etwas Eigenartiges passiert sein, wovon ich noch hören würde, da war ich mir sicher.

Nach kurzer Zeit verließ der zweite Maat Tammy und begann entlang der Luvseite des Decks zu laufen. Einmal kam er dabei ganz nach hinten, beugte sich hinab und schaute unter den Steuerkasten, richtete aber kein Wort an mich.

Einige Zeit später ging er die Leiter auf der Luvseite runter und auf das Hauptdeck. Direkt danach kam Tammy zu mir auf der Leeseite des Steuerkastens gerannt.

Ich habe es wieder gesehen!, sagte er und schnappte in schierer Nervosität nach Luft.

Was?, sagte ich.

Dieses Ding, antwortete er. Dann lehnte er sich über den Steuerkasten und senkte die Stimme.

Es kam über die Reling auf der Leeseite – raus aus der See, fügte er hinzu, mit dem Hauch, etwas Unglaubliches zu erzählen.

Ich drehte mich näher zu ihm hin; es war aber zu dunkel, um sein Gesicht deutlich zu sehen. Ich fühlte mich plötzlich heiser. *Mein Gott!*, dachte ich. Und dann machte ich einen dummen Versuch zu protestieren. Er unterbrach mich aber in einer Art ungeduldiger Verzweiflung.

Um Gottes willen, Jessop, sagte er, *behalte das alles für dich! Es ist nicht gut. Ich brauche jetzt jemanden, mit dem ich mich unterhalten kann oder ich werde wahnsinnig.*

Ich sah, wie sinnlos es war, irgendwelche Ahnungslosigkeit vorzutäuschen. In der Tat wusste ich das schon die ganze Zeit und bin dem Youngster in dieser Sache aus dem Weg gegangen.

Mach weiter, sagte ich. *Ich hör dir zu, aber achte auf den zweiten Maat, er könnte jeden Moment auftauchen.*

Für einen Moment sagte er nichts und ich sah, wie er verstohlen über das Deck blickte.

Mach weiter, sagte ich wieder. *Du beeilst dich am besten oder er ist wieder hier, bevor du halbwegs durch bist. Was hat er am Steuerrad gemacht, als ich zur Ablösung kam? Warum hat er dich weggeschickt?*

Das hat er nicht, antwortete Tammy und drehte mir sein Gesicht zu. *Ich bin davon abgehauen.*

Warum?, fragte ich.

Warte eine Minute, antwortete er, und ich erzähle dir die ganze Geschichte. Du weißt, dass mich der zweite Maat ans Steuerrad geschickt hat, nachdem — er nickte mit seinem Kopf nach vorne.

Ja, sagte ich.

Nun, ich war hier draußen für ungefähr zehn Minuten oder eine viertel Stunde, und ich fühlte mich scheußlich wegen Williams. Ich versuchte, das alles zu vergessen und das Schiff auf Kurs zu halten und alles andere, als ich ganz zufällig zur Leeseite blickte und dort sah, wie es über die Reling geklettert ist.

Mein Gott! Ich wusste nicht, was ich tun sollte. Der zweite Maat stand vorne am Vorbau des Hecks und ich war hier ganz allein. Ich fühlte mich, als wäre ich steif gefroren. Als es auf mich zukam, habe ich das Steuerrad losgelassen und schrie und bin nach vorne zum zweiten Maat gestürmt.

Er griff nach mir und schüttelte mich, aber ich war so verdammt verschreckt, dass ich kein Wort rausbringen konnte. Ich konnte nur andauernd hinzeigen. Der Zweite fragte mich immer wieder, wo? Und dann plötzlich stellte ich fest, dass ich das Ding nicht mehr sehen konnte.

Ich weiß nicht, ob er es sehen konnte. Er hat mir nur gesagt, dass ich verdammt noch mal zurück ans Steuerrad gehen und aufhören sollte, einen verdammten Deppen aus mir zu machen. Ich sagte gerade heraus, dass ich nicht gehen würde. Deshalb hat er zu seiner Trillerpfeife gegriffen und nach jemandem gerufen, der nach hinten gehen sollte, um es zu übernehmen. Dann ging er und ergriff selbst das Steuerrad. Den Rest kennst du.

Ich sagte: *Bist du dir sicher, dass es nicht die Gedanken an Williams waren, die dich haben einbilden lassen, etwas gesehen zu haben?* Ich machte diese Bemerkung, um einen Moment des Nachdenkens zu gewinnen und weniger deshalb, weil ich daran glauben würde, dass es so war.

Ich dachte, du wolltest mir ernsthaft zuhören!, sagte er in bitterem Ton. *Wenn du mir nicht glaubst, was war dann mit dem Kerl, den der zweite Maat gesehen hat? Was ist mit Tom? Was ist mit Williams? Um Gottes willen! Versuche mich nicht zu täuschen, wie letztes Mal. Ich bin fast verrückt geworden bei meinem Wunsch, das jemandem zu erzählen, der mir zuhört. Ich kann alles ertragen, nur dieses Alleinsein nicht. Vor dir steht ein anständiger Kerl, versuche mir nicht vorzumachen, dass du nichts verstehst.*

Sag mir, was das alles bedeutet. Was ist dieser schreckliche Mann, den ich zweimal gesehen habe? Du weißt, dass du etwas weißt, und ich glaube, du hast Angst, das irgendjemandem zu erzählen, aus Furcht, ausgelacht zu werden. Warum sagst du es nicht? Du brauchst keine Angst zu haben, dass ich lache.

Er hielt plötzlich inne. Für den Moment gab ich keine Antwort.

Behandle mich nicht wie ein Kind, Jessop!, sagte er, ziemlich leidenschaftlich.

Das werde ich nicht, sagte ich in einem plötzlichen Entschluss, alles zu sagen. *Ich brauche genauso jemanden wie du, zu dem ich sprechen kann.*

Was bedeutet das alles?, brach es aus ihm heraus. *Sind sie echt? Ich habe immer gedacht, das wäre alles Seemannsgarn, was diese Dinge anbelangt.*

Natürlich bin ich mir nicht sicher, zu wissen, was das alles bedeutet, Tammy, antwortete ich. *Ich tappe da genauso im Dunkeln wie du. Und ich weiß nicht, ob sie echt sind – das heißt, nicht so, wie wir die Dinge als echt betrachten. Du weißt nicht, dass ich eine seltsame Gestalt unten auf dem Hauptdeck gesehen habe, einige Nächte, bevor du das Ding da oben gesehen hast.*

Hast du dieses nicht gesehen?, warf er schnell ein.

Doch!, antwortete ich.

Warum hast du dann vorgegeben nichts gesehen zu haben?, sagte er in einem vorwurfsvollen Ton. *Du weißt nicht, in welchen Zustand du mich gebracht hast, wo ich doch sicher war, etwas gesehen zu haben. Und dann du, so verdammt überzeugt, dass da nichts gewesen war.*

Damals hatte ich gedacht, dass ich völlig verrückt werden würde – bis dann der zweite Maat den Mann am Mast hinaufgehen sah. Da wusste ich, dass da was dran sein musste, an dem Ding, bei dem ich sicher war, es gesehen zu haben.

Ich dachte vielleicht, sagte ich, *wenn ich dir sagen würde, ich habe es nicht gesehen, würdest du annehmen, dass du dich geirrt hast. Ich wollte, dass du denkst, es wäre nur Einbildung gewesen, ein Traum oder so etwas in dieser Art.*

Und die ganze Zeit wusstest du von dem anderen Ding, das du gesehen hast?, fragte er.

Ja, antwortete ich.

Das war verdammt anständig von dir, sagte er, *aber es war keineswegs gut.*

Er machte für einen Moment Pause, dann fuhr er fort: *Es ist schrecklich, das mit Williams. Glaubst du, er hat etwas gesehen, da oben?*

Ich weiß nicht, Tammy, sagte ich. *Es ist unmöglich zu sagen. Es kann ein Unfall gewesen sein.* Ich zögerte, zu sagen, was ich wirklich dachte.

Was hat er wegen eines Zahltages gesagt? Zu wem hat er es gesagt?

Ich weiß es nicht, sagte ich wieder.

Tammy fuhr fort: *Er war immer wie besessen darauf gewesen, einen bezahlten Tag aus dem Schiff mitzunehmen. Du musst wissen, dass er absichtlich auf dem Schiff geblieben ist, als alle anderen von Bord gegangen sind. Er sagte mir, dass er sich davon nicht abbringen ließe, für niemanden.*

Warum sind die anderen gegangen?, fragte er. Dann, als wären ihm die Dinge klar geworden, sagte er: *Bei Gott!, denkst du, dass sie etwas gesehen hatten und Angst bekamen? Das ist gut möglich. Du weißt, wir sind erst in Frisco an Bord gegangen. Es gab keine Schiffsjungen für die Fahrt. Unser Schiff wurde verkauft, deshalb haben sie uns hier an Bord geschickt, um heimzukommen.*

Das könnten sie gemacht haben, sagte ich. *In der Tat, von den Dingen, die ich von Williams gehört habe, bin ich mir ziemlich sicher, dass er ein großes Stück mehr von dem gewusst hat, wovon wir keine Ahnung haben.*

Und nun ist er tot!, sagte Tammy feierlich. *Wir werden jetzt niemals in der Lage sein, etwas von ihm zu erfahren.*

Für ein paar Momente war es still, dann machte er weiter: *Passiert eigentlich nie etwas, wenn der erste Maat Wache hat?*

Doch, antwortete ich. *Da gab es einige Dinge, die kürzlich passiert sind und ziemlich verrückt erschienen. Einige auf seiner Seite haben darüber gesprochen. Aber er ist zu verdammt stur, um etwas zu sehen. Er verflucht nur seine Kameraden und lastet ihnen alles an.*

Trotzdem, bohrte er weiter, *scheinen die Dinge mehr in unserer Wache zu passieren, als in seiner – ich meine größere Dinge. Denk an heute Nacht.*

Wir haben keine Beweise, weißt du, sagte ich.

Er schüttelte zweifelnd seinen Kopf. *Ich werde jetzt immer Angst haben, hochzugehen.*

Unsinn, sagte ich ihm. *Es könnte nur ein Unfall gewesen sein.*

Sag das nicht, erwiderte er. *Du weißt, dass du in Wirklichkeit nicht so denkst.*

Für den Moment gab ich keine Antwort, obwohl ich sehr gut wusste, dass er recht hatte.

Wir waren für einige Momente still. Dann sprach er wieder: *Spukt es auf dem Schiff?*

Für einen Moment zögerte ich. *Nein*, sagte ich schließlich. *Ich denke, das ist nicht der Fall. Ich meine, nicht auf eine solche Weise.*

Auf welche Weise denn dann?

Nun, ich habe mir da eine Theorie zugelegt, die in einer Minute weise erscheint und im nächsten Moment verrückt. Natürlich ist es wahrscheinlich alles falsch, aber es ist das Einzige für mich, das mit all den scheußlichen Dingen, die wir kürzlich erlebt haben, zusammenpasst.

Mach weiter!, sagte er mit einer ungeduldigen, nervösen Geste.

Meine Idee ist es, dass es da nichts im Schiff selbst gibt, das uns vermutlich schaden wird. Ich weiß kaum, wie ich das beschreiben soll, aber wenn ich damit recht habe, was ich denke, ist es das Schiff selbst, das die Ursache von allem ist.

Was meinst du?, fragte er mit verwirrter Stimme. *Meinst du, dass es auf dem Schiff doch spukt?*

Nein, antwortete ich. *Ich sagte dir doch gerade, dass ich das nicht glaube. Warte, bis ich fertig damit bin, mit dem, was ich dir sagen werde.*

In Ordnung, antwortete er.

Was das Ding anbelangt, das du heute Nacht gesehen hast, setzte ich fort, *du sagtest, es kam über die Reling auf der Leeseite rauf aufs Heck?*

Ja, antwortete er.

Nun, bemerkte ich, *das Ding, das ich gesehen habe, kam herauf aus der See und ging wieder zurück in die See.*

Mein Gott!, sagte er, und dann: *ja, mach weiter!*

Ich denke, dass das Schiff offen ist, sodass es von diesen Dingen betreten werden kann, erklärte ich. *Was sie sind, das weiß ich natürlich nicht. Sie sehen wie Männer aus – in vielerlei Hinsicht. Aber – Gott weiß, was in der See ist. Dennoch wollen wir uns keine verrückten Dinge einbilden. Aber dann wiederum musst du wissen, erscheint es engstirnig, alles verrückt zu nennen. Das ist es, was mich weitermachen lässt, in einer Art verflixtem Kreis. Ich weiß keineswegs, ob sie aus Fleisch und Blut sind oder ob wir sie Gespenster oder Geister nennen sollen.*

Sie können nicht aus Fleisch und Blut sein, unterbrach Tammy. *Wo würden sie leben? Abgesehen davon, beim ersten, was ich gesehen habe, dachte ich, dass ich durch es hindurchsehen könnte. Und dieses letzte – der zweite Maat hätte es sehen müssen. Und sie würden ertrinken…*

Nicht notwendigerweise, sagte ich.

Ich bin sicher, dass sie nicht aus Fleisch und Blut sind, insistierte er. *Es ist unmöglich…*

So sind Geister – wenn du vernünftig nachdenkst, antwortete ich. *Aber ich sage nicht, dass sie aus Fleisch und Blut sind; gleichzeitig jedoch, werde ich nicht geradeheraus sagen, dass sie Geister sind – nicht jetzt, auf keinen Fall.*

Wo kommen sie her?, fragte er, in einer etwas seltsamen Art.

Aus dem Meer, sagte ich ihm. *Du hast es selbst gesehen.*

Wieso kommen sie nicht an Bord anderer Schiffe?, sagte er. *Wie willst du das erklären?*

Irgendwie – obwohl das manchmal verrückt erscheint – denke ich, dass ich das kann, gemäß meiner Idee, antwortete ich.

Wie?, fragte er wieder nach.

Ich erklärte ihm: *Weil ich glaube, dass dieses Schiff offen ist, wie ich dir gesagt habe – exponiert, ungeschützt, oder wie auch immer du das nennen willst. Ich denke, es macht Sinn zu glauben, dass alle Dinge in der stofflichen Welt blockiert sind, gewissermaßen, von der unstofflichen.*

Aber in einigen Fällen kann die Barriere brechen. Das kann mit diesem Schiff passiert sein. Und wenn dem so ist, steht es nackt den Angriffen von Dingen gegenüber, die zu einer anderen Art von Existenz gehören.

Was hat das Schiff so gemacht?, fragte er fast ehrfurchtsvoll.

Der Herr weiß es!, antwortete ich. *Vielleicht hat es was mit den magnetischen Belastungen zu tun, aber du verstehst es nicht und auch ich nicht wirklich. Und ich glaube, in meinem Innersten, dass es nicht irgendetwas in dieser Art ist, auch nicht eine Minute lang. Ich bin nicht so gemacht. Und dennoch, ich weiß es nicht.*

Vielleicht hat es einen bösen Vorfall an Bord gegeben, fuhr ich fort, *oder, wiederum, ist es eher etwas, das sich außerhalb von dem befindet, das ich kenne.*

Wenn sie nicht stofflich sind, dann sind sie Geister?, fragte er.

Ich weiß es nicht, sagte ich. *Es ist so schwer zu sagen, was ich wirklich denke, weißt du. Ich habe eine komische Idee, von der mein Kopf denkt, sie wäre gut, aber ich glaube nicht, dass mein Bauchgefühl daran glaubt.*

Mach weiter!, sagte er.

Nun, sagte ich. *Nehmen wir einmal an, die Erde wäre von zwei Arten von Leben bevölkert. Wir sind die einen, die sind die anderen.*

Mach weiter!, sagte er wieder.

Nun, siehst du, sagte ich, *in einem normalen Zustand mögen wir nicht in der Lage sein, die Echtheit des anderen zu begreifen? Aber sie könnte genauso wesenhaft sein und stofflich für sie sein, wie sie für uns ist. Verstehst du?*

Ja, sagte er, *mach weiter!*

Nun, sagte ich, *die Erde könnte für sie genauso wirklich sein, wie für uns. Ich meine, sie könnte Eigenschaften haben, die stofflich für sie sind, wie es andere für uns sind; aber keiner von uns kann die Wirklichkeit des anderen begreifen oder die realen Eigenschaften der Erde, so wie sie für die andere Seite Wirklichkeit sind. Es ist so schwierig, das zu erklären, verstehst du?*

Ja, sagte er wieder, *mach weiter!*

Nun, wenn wir uns in einer, wie ich es nennen könnte, gesunden Umgebung befänden, wären sie außerhalb unserer Kräfte, sie zu sehen und zu fühlen, oder so etwas, erklärte ich ihm.

Und ich fuhr fort: *Und das Gleiche wäre bei ihnen der Fall; aber je mehr wir so werden, umso mehr realer und gegenwärtiger könnten sie uns erwachsen. Siehst du? Das bedeutet, dass wir fähiger werden, ihre Form von Stofflichkeit zu verstehen. Das ist alles. Ich kann es nicht deutlicher ausdrücken.*

Also, nach all dem glaubst du wirklich, dass sie Geister sind oder irgendetwas in dieser Art?, sagte Tammy.

Ich glaube, darauf läuft es hinaus, antwortete ich. *Ich glaube, dass sie in jedem Fall nicht unseren Vorstellungen von Fleisch und Blut entsprechen. Aber, natürlich, ist es Unsinn, viel dazu zu sagen, und nach all dem musst du daran denken, dass alles falsch sein kann.*

Ich denke, du musst dies dem zweiten Maat erzählen, sagte er. *Wenn es wirklich so ist, wie du sagst, muss unser Schiff in den nächsten Hafen gebracht und verdammt noch mal verbrannt werden.*

Der zweite Maat kann gar nichts machen, antwortete ich. *Sogar wenn er das alles glaubt, wovon wir nicht überzeugt sein können, dass er es tut.*

Vielleicht nicht, antwortete Tammy. *Aber wenn du ihn dazu bringen kannst, es zu glauben, könnte er die ganze Sache dem Skipper erklären, und es könnte dann etwas getan werden. Es ist nicht sicher, so wie es ist.*

Er würde nur wieder verspottet, sagte ich, eher hoffnungslos.

Nein, sagte Tammy. *Nicht, nachdem was heute Nacht passiert ist.*

Vielleicht nicht, antwortete ich skeptisch. Und gerade in diesem Moment kam der zweite Maat zurück aufs Heck, und Tammy verschwand vom Steuerkasten und ließ mich mit dem sorgenvollen Gefühl zurück, dass ich etwas tun müsste.

VII. Die Ankunft des Nebels und das, was er mitbrachte

Wir bestatteten Williams am Mittag. Armer Bursche! Es kam alles so plötzlich. Den ganzen Tag lang waren die Männer eingeschüchtert und bedrückt. Es gab wieder viele Gespräche darüber, dass ein 'Jonas' an Bord sei. Wenn sie nur wüssten, was Tammy und ich wussten und vielleicht auch der zweite Maat!

Und dann kam die nächste Sache, der Nebel. Ich kann mich jetzt nicht mehr genau daran erinnern, ob wir ihn erstmals an dem Tage sahen, wo wir Williams bestatteten, oder danach.

Als ich zum ersten Mal Notiz davon genommen hatte, wie jedermann an Bord auch, betrachtete ich es als eine Form von Dunstschleier, wegen der Hitze der Sonne, da es helllichter Tag war, als die Sache kam.

Der Wind war zu einer leichten Brise abgeflaut. Ich arbeitete zusammen mit Plummer an der Haupttakelage und brachte dünne Bändsel* [* feines Tauwerk] an.

Sieht aus, als wäre das ziemlich mittelmäßiges Zeug, bemerkte er.

Ja, sagte ich, und für den Moment kümmerte ich mich nicht weiter darum.

Augenblicklich sprach er wieder: *Es wird ziemlich neblig,* und sein Tonfall sagte mir, dass er ziemlich überrascht war.

Ich schaute schnell nach oben. Zuerst konnte ich nichts sehen, dann begriff ich, was er meinte. Die Luft hatte ein gewelltes, seltsam unnatürliches Erscheinungsbild, wie die erhitzte Luft über dem Schlot einer Maschine, etwas das man oft sieht, wenn kein Rauch herauskommt.

Das muss die Hitze sein, sagte ich, *obwohl ich mich nicht daran erinnern kann, so etwas jemals zuvor gesehen zu haben.*

Ich auch nicht, stimmte Plummer zu.

Es konnte nicht länger als eine Minute gedauert haben, als ich wieder nach oben sah und erstaunt feststellte, dass das Schiff von einem dünnen Nebel umgeben war, der den Horizont ziemlich verdeckte.

Bei Gott!, Plummer, sagte ich. *Wie eigenartig!*

Ja, sagte er und schaute sich um. *Ich habe so etwas noch nie gesehen – nicht in dieser Weise.*

Hitze würde das nicht machen, sagte ich.

N –nein, sagt er skeptisch.

Wir setzten unsere Arbeit fort und wechselten hin und wieder ein paar Worte. Dann, nach einer kurzen Zeit der Stille, lehnte ich mich nach vorne und bat ihn, mir den Dorn hochzureichen. Er beugte sich nach vorne und hob ihn vom Deck auf, wohin er runtergefallen war. Als er ihn mir hinhielt, sah ich den behäbigen Ausdruck in seinem Gesicht, wie er sich urplötzlich in eine Miene der völligen Überraschung verwandelte. Er öffnete seinen Mund.

Verflucht!, sagte er. *Er ist weg.*

Ich drehte mich schnell um und schaute hinauf. Und so war es auch
– die ganze Seite zeigte sich klar und hell, bis hin zum Horizont.

Ich starrte auf Plummer, und er starrte auf mich.

Also da bin ich jetzt baff!, sagte er.

Ich glaube, ich habe darauf keine Antwort gegeben, da ich plötzlich
das komische Gefühl hatte, dass die Sache nicht richtig war. Und
dann, eine Minute später, nannte ich mich selbst einen Esel, konnte
diese Empfindung aber nicht wirklich abschütteln.

Ich schaute noch einmal genau auf die See und hatte den vagen
Eindruck, dass etwas anders war. Das Meer erschien heller, die Luft
klarer, dachte ich, und ich vermisste etwas, aber wusste nicht was,
wissen Sie. Es war erst einige Tage später, als mir bewusst wurde,
dass da mehrere Schiffe am Horizont gewesen waren, die man vor
dem Nebel gut sehen konnte. Nun waren sie weg.

Während der verbleibenden Zeit der Wache, und in der Tat den
ganzen Tag über, gab es keine Anzeichen von etwas
Ungewöhnlichem. Nur, als der Abend kam – es war im zweiten Teil
der Hundewache – sah ich den Nebel schwach aufziehen – die
sinkende Sonne schien hindurch, schwach und unwirklich.

Da wusste ich mit Sicherheit, dass es nicht die Hitze war, die dies
verursacht hatte.

Und das war der Anfang, von dem was kommen würde.

Am nächsten Tag, während der Zeit, die ich an Deck war,
beobachtete ich alles ganz genau, die Atmosphäre blieb aber klar.

Trotzdem hörte ich aber von einem Burschen aus der Wachmannschaft des Maats, dass es neblig gewesen sei, in der Zeit, als er am Steuerrad war.

Eine Art von Kommen und Gehen, beschrieb er es mir, als ich ihn danach fragte. Er dachte, es könnte die Hitze gewesen sein.

Obwohl ich es besser wusste, widersprach ich ihm nicht. Zu dieser Zeit, so sah es aus, dachte niemand viel an diese Sache, nicht einmal Plummer. Und als ich es gegenüber Tammy erwähnte und ihn fragte, ob er es gesehen hatte, meinte er, dass es die Hitze gewesen sein musste oder vielleicht die Sonne, die Feuchtigkeit nach oben gezogen hat. Ich beließ es dabei, da nichts gewonnen gewesen wäre, wenn ich jetzt unterstellte, dass an der Sache mehr dran sei.

Dann, am nächsten Tag, passierte etwas das mich mehr als zuvor verwunderte und mir zeigte, wie recht ich hatte mit dem Gefühl, dass der Nebel etwas Unnatürliches sein musste, und so war es auch.

Fünf Glockenschläge waren in der 8 bis 12 Uhr Morgenwache vergangen. Ich war am Steuerrad. Der Himmel war vollkommen klar – keine Wolke war zu sehen, noch nicht einmal am Horizont.

Mir war heiß, da es kaum Wind gab, und ich fühlte mich schläfrig. Der zweite Maat war unten auf dem Hauptdeck mit den Männern und kümmerte sich um einen Job, den er erledigt haben wollte, sodass ich allein auf dem Heck war.

Plötzlich, in der Hitze der Sonne, die auf mich niederbrannte, wurde ich durstig und, mit dem Wunsch nach etwas Besonderem, nahm ich ein großes Stück Kautabak heraus, den ich bei mir hatte. Ich biss ein Stück ab, obwohl dies gewöhnlich keine Angewohnheit von mir ist.

Nach einer Weile schaute ich mich – natürlich – nach dem Spucknapf um, stellte aber fest, dass er nicht da war. Wahrscheinlich hatte man ihn nach vorne genommen, als die Decks geschrubbt wurden, um ihn auszuscheuern.

Da niemand auf dem Heck war, habe ich das Steuerrad verlassen und ging nach hinten zur Heckreling.

In diesem Moment sah ich etwas, das völlig unerwartet auftauchte – ein voll aufgetakeltes Schiff, hart am Wind auf der Backbordseite, ein paar Hundert Yards entfernt von unserer hinteren Steuerbordseite. Die Segel wurden von der leichten Brise kaum gefüllt und schlabberten mit dem Wellengang der See. Es schien, dass es wenig Fahrt durch das Wasser machte, bestimmt nicht mehr als einen Knoten pro Stunde. Ganz hinten, am Ende des Gaffelsegels, hing eine Kette mit Fahnen herunter. Es war augenscheinlich, dass es uns signalisierte.

All dies hatte ich blitzartig wahrgenommen. Ich stand nur da, starrte und staunte, und zwar deshalb, weil ich das Schiff nicht früher gesehen hatte. Mir war klar, dass es, in dieser leichten Brise, schon seit zwei Stunden auf Sichtweite gewesen sein musste. Ich konnte aber an nichts Rationales denken, was mein Erstaunen besänftigen würde. Es war da – und was das anbelangt, war ich mir sicher. Und dennoch, woher ist es gekommen, ohne dass ich es vorher gesehen hatte?

Plötzlich, während ich so starrend dastand, hörte ich das Steuerrad hinter mir, das sich schnell drehte. Instinktiv sprang ich hin, um die Speichen zu fassen zu kriegen, da ich nicht wollte, dass sich die Steueranlage verklemmt.

Dann drehte ich mich wieder um, damit ich einen erneuten Blick auf das Schiff werfen konnte. Zu meiner völligen Verwirrung gab es kein Anzeichen mehr von ihm – nichts als den ruhigen Ozean, der sich bis zum Horizont hinzog.

Ich blinzelte ein wenig mit den Augenlidern und wischte mir die Haare aus der Stirn. Dann starrte ich wieder, aber es gab keine Spur von ihm – nichts, wissen Sie, und auch absolut nichts Ungewöhnliches, ausgenommen ein schwaches, bebendes Zittern in der Luft und die blanke Oberfläche der See, die überall bis zum leeren Horizont reichte.

Ist es gesunken? Natürlich fragte ich mich, ob es gesunken sei, und für den Moment dachte ich das wirklich. Ich suchte über die See hinweg nach Wrackteilen; da gab es aber nichts, noch nicht einmal einen verdammten Hühnerverschlag oder ein Stück der Decksaufbauten, und so verwarf ich die Idee als unmöglich.

Dann, als ich so dastand, kam mir ein anderer Gedanke oder vielleicht eine Eingebung, und ich fragte mich, ob dieses verschwundene Schiff in einer bestimmten Weise mit den anderen verrückten Dingen in Verbindung gebracht werden könnte.

Es erschien mir zu diesem Zeitpunkt so, dass das Schiff, das ich gesehen hatte, nichts Reales war und vielleicht außerhalb meines Gehirns nicht existierte. Ich zog diese Idee ernsthaft in Betracht. Es würde die Sache erklären, und ich konnte mir nichts anderes vorstellen, was dies tun würde.

Wenn es in der Wirklichkeit existieren würde, dann müssten es auch die anderen an Bord lange vor mir gesehen haben.

Ich war ein wenig durcheinander und versuchte darüber nachzudenken und dann, plötzlich, kam in meinen Gedanken die Realität des anderen Schiffs zu mir zurück, jedes Seil und Segel und jeder Holm, wissen Sie.

Ich erinnerte mich, wie es angehoben wurde, im Einklang mit dem Wellengang, und wie die Segel in der leichten Brise herum schlapperten – und die Kette der Flaggen! Es hatte Signale gegeben, und aus diesem Grund fand ich es genauso unmöglich, zu glauben, es wäre nicht real.

Ich kam an diesen Punkt der Unentschlossenheit und stand da, mit meinem Rücken teilweise dem Steuerrad zugewandt. Ich hielt es fest mit meiner linken Hand, während ich über die See schaute, und versuchte etwas zu entdecken, was mir helfen könnte, zu verstehen.

Plötzlich, als ich so hinstarrte, schien es so, als ob ich das Schiff wieder sehen würde. Es war jetzt mehr an der mittleren, als an der hinteren Bordwand, aber daran dachte ich kaum, inmitten des Erstaunens, es wieder zu sehen. Es war nur ein flüchtiger Blick, den ich erhaschen konnte, schummrig und schwankend, so als würde ich durch die Windungen der aufgeheizten Luft auf es schauen.

Dann wurde es verschwommener und verschwand wieder, aber nun war ich überzeugt davon, dass es echt und die ganze Zeit im Blickfeld war, wenn ich es hätte sehen können.

Diese seltsame, verschwommene und flatternde Erscheinung hatte mir etwas suggeriert. Ich erinnerte mich an den seltsamen, welligen Anblick der Luft ein paar Tage zuvor, bevor der Nebel das Schiff umgeben hatte, und in meinen Gedanken brachte ich beides zusammen.

Es gab nichts, was bezüglich des anderen Postseglers seltsam war. Die Seltsamkeit war mit uns. Es war etwas, das um unser Schiff herum war oder es besetzt hatte und mich – und in der Tat jeden anderen an Bord – daran hinderte, das andere zu sehen.

Es war offensichtlich, dass das andere Schiff in der Lage war, uns zu sehen, was durch die gegebenen Signale bewiesen ist. Obwohl in der Sache eher unbedeutend, rätselte ich, was die Leute an Bord dieses Schiffes wohl dachten, über unsere offensichtlich absichtliche Ignorierung ihrer Signale.

Danach dachte ich über die Seltsamkeit von allem nach. Sogar in dieser Minute konnten sie uns deutlich sehen und doch, was uns anbetraf, schien der ganze Ozean leer zu sein. Es erschien mir zu dieser Zeit, dass dies das Unheimlichste war, das uns passieren konnte.

Und dann kam mir ein neuer Gedanke. Wie lange waren wir schon in diesem Zustand? Ich rätselte für ein paar Momente herum. Nun erinnerte ich mich daran, dass wir mehrere Schiffe gesichtet hatten, am Morgen des Tages, als der Nebel aufkam, und seitdem haben wir nichts mehr gesehen.

Das, gelinde gesagt, hätte mir schon länger seltsam vorkommen müssen, da einige der anderen Postsegler zusammen mit uns auf dem Heimweg waren und den gleichen Kurs steuerten. Folglich, da auch das Wetter gut war und der Wind fast nicht vorhanden, hätten sie die ganze Zeit über in Sichtweite sein müssen. Diese Logik schien mir unmissverständlich zu zeigen, dass es eine Verbindung gab, zwischen dem Aufkommen des Nebels und unserem Unvermögen zu sehen. Es ist so möglich, dass wir schon fast drei Tage in diesem außergewöhnlichen Zustand der Blindheit waren.

In meinen Gedanken kam der letzte flüchtige Blick auf das Schiff, am hinteren Ende der Steuerbordseite, zu mir zurück. Und ich erinnerte mich daran, wie mich die seltsame Vorstellung erfasste, dass ich es aus einer anderen Dimension betrachtete.

Für eine Weile, wissen Sie, glaubte ich an das Geheimnisvolle dieser Idee. Es überraschte mich, dass ich dachte, das wäre die Wirklichkeit, anstatt zu realisieren, was all das bedeuten könnte. Es schien alles so exakt die halb-definierten Gedanken auszudrücken, die mir gekommen waren, seit ich den anderen Postsegler hinter dem Achterdeck gesehen hatte.

Urplötzlich kam hinter mir das Rascheln und Scheppern der Segel, und im gleichen Moment hörte ich den Skipper sagen: *Wo zum Teufel hast du das Schiff hingebracht, Jessop?*

Ich drehte mich schnell um zum Steuerrad. *Ich weiß nicht, Sir,* sagte ich mit schwankender Stimme. Ich hatte in dem Moment sogar vergessen, dass ich am Steuerrad war.

Weiß nicht!, schrie er. *Ich sollte verdammt noch mal denken, dass du es wirklich nicht weißt. Steuerbord mit deinem Ruder, du Trottel. Du bringst uns ja alle wieder zurück.*

Aye, aye, Sir!, antwortete ich und drehte das Ruder herüber. Ich machte das fast mechanisch, da ich immer noch benommen war und keine Zeit hatte, meine Gedanken zu sammeln.

Während der folgenden halben Minute war mir bewusst, auf eine konfuse Art und Weise, dass mich der Alte anschnauzte. Dieses Gefühl der Verwirrung ging vorüber und ich entdeckte, dass ich bisher nur ausdruckslos in das Kompasshäuschen und auf die Kompasskarte gestarrt hatte.

Dieser Tatsache war ich mir aber, bis zu diesem Zeitpunkt, nicht vollends bewusst. Nun jedoch sah ich, dass ich das Schiff zurück auf Kurs gebracht hatte. Gott weiß, wie weit es davon abgekommen war.

Mit der Feststellung, dass ich das Schiff fast habe zurückfahren lassen, kam die plötzlich die Erinnerung an die Veränderung der Position des anderen Schiffes.

Es erschien zuletzt querab zur Bordseite, statt achteraus. Nun jedoch, da mein Gehirn wieder anfing, normal zu arbeiten, sah ich den Grund für diese offensichtliche und bis dahin unerklärliche Veränderung.

Das war, selbstverständlich, wegen unseres Hereinfahrens in ihren Kurs, dass wir so den anderen Postsegler querab, auf unsere mittlere Bordseite, gebracht hatten.

Es ist seltsam, wie mir das alles durch den Kopf geschossen ist und meine Aufmerksamkeit gefesselt hat – wenn auch nur temporär – angesichts des tobenden Skippers. Ich glaube, ich hatte kaum wahrgenommen, dass er mich immer noch angeschrien hatte.

Wie dem auch sei, das Nächste, an das ich mich erinnere, war, dass er meinen Arm geschüttelt hat. *Was ist los mit dir, Mann?*, schrie er.

Ich starrte nur in sein Gesicht, wie ein Esel, ohne ein Wort zu sagen. Ich schien immer noch nicht in der Lage zu sein, wissen Sie, richtig und sinnvoll zu sprechen.

Bist du verdammt noch mal von Sinnen?, fuhr er schreiend fort. *Bist du wahnsinnig? Hast du einen Sonnenstich? Sprich du gaffender Narr!*

Ich versuchte, etwas zu sagen, aber die Worte kamen nicht klar heraus. *Ich – ich – ich*, sagte ich und hielt inne, wie von allen guten Geistern verlassen. Ich war in Ordnung, wirklich, aber ich war so verwirrt durch diese Sache, die ich herausgefunden hatte und – auf eine bestimmte Weise – schien es fast so, als wäre es aus der Ferne zurückgekommen, wissen Sie.

Du bist ein Wahnsinniger!, sagte er wieder. Er wiederholte diese Festellung mehrere Male, als wäre es die einzige Sache, die seine Meinung über mich ausreichend ausdrücken würde. Dann ließ er meinen Arm los und ging einige Schritte zurück.

Ich bin kein Wahnsinniger!, sagte ich mit einem plötzlichen Keuchen. *Ich bin kein Wahnsinniger, Sir, nicht mehr als Sie es sind!*

Warum zum Teufel beantwortest du dann meine Fragen nicht?, schrie er ärgerlich. *Was ist los mit dir? Was hast du mit dem Schiff gemacht? Antworte mir jetzt!*

Ich habe das Schiff hinten neben der hinteren Steuerbordseite gesehen, Sir, platzte es aus mir heraus. *Es hat Signale gegeben...*

Was!, unterbrach er mich, fassungslos. *Was für ein Schiff?* Er drehte sich schnell herum und schaute über die hintere Seite. Dann wandte er sich wieder mir zu.

Da ist kein Schiff! Was meinst du damit, wenn du mir so einen Unsinn wie diesen verkaufen willst?

Da ist es, Sir, antwortete ich. *Es ist da draußen* – ich deutete hin.

Halt deinen Mund!, sagte er, *erzähl keinen Unsinn. Glaubst du, ich bin blind?*

Ich sah es, Sir, beharrte ich.

Gib mir keine Widerworte!, schnappte er in einem schnellen Temperamentsausbruch. *Das akzeptiere ich nicht!*

Dann, ganz plötzlich, war es still.

Er kam einen Schritt auf mich zu und starrte mir ins Gesicht. Ich glaube, der alte Esel dachte, ich wäre ein wenig verrückt. Jedenfalls, ohne ein weiteres Wort, ging er zum Absatz des Achterdecks.

Mr. Tulipson, rief er aus.

Ja, Sir!, hörte ich den zweiten Maat antworten.

Schicken Sie einen anderen Mann ans Steuerrad!

Sehr wohl, Sir!, antwortete der Zweite.

Ein paar Minuten später kam der alte Jaskett herauf, um mich abzulösen. Ich gab ihm den Kurs und er wiederholte ihn.

Was ist los, Kumpel?, fragte er mich, als ich vom Gitter herunterstieg.

Nicht viel, sagte ich und ging nach vorne, wo der Skipper auf dem Vorbau des Hecks stand. Ich wiederholte den Kurs, aber der griesgrämige alte Teufel nahm keine Notiz von mir, wie auch immer.

Als ich runter auf das Hauptdeck kam, ging ich zum Zweiten und gab auch ihm den Kurs. Er antwortete mir ausreichend höflich, und dann fragte er mich, was ich getan hätte, um den Alten so aufzuregen.

Ich erklärte ihm, dass da ein Schiff an der hinteren Steuerbordseite sei, das uns signalisiert, sagte ich.

Da draußen gibt es kein Schiff, Jessop, antwortete der zweite Maat und schaute mich mit einem seltsamen, undurchschaubaren Blick an.

Da ist eines, Sir, begann ich. *Ich…*

Das reicht, Jessop!, sagt er. *Geh nach vorne und rauche erst mal. Ich brauche dich dann, mir mit diesen Fußleinen zu helfen. Du bringst besser einen Schlegel für die Seilwicklung mit nach hinten, wenn du kommst.*

Ich zögerte einen Moment, teilweise aus Ärger, aber mehr im Zweifel, denke ich.

Aye, aye, Sir!, murmelte ich schließlich und ging nach vorne.

VIII. Nach der Ankunft des Nebels

Nach der Ankunft des Nebels schienen sich die Dinge nun recht schnell zu entwickeln. In den folgenden zwei oder drei Tagen passierte eine ganze Menge.

In der Nacht, an dem mich der Skipper vom Steuerrad weggeschickt hatte, waren wir an der Reihe mit der Wache an Deck, von 8 bis 12 Uhr nachts, mit der mir zugeteilten Zeit Ausschau zu halten, von 10 bis 12 Uhr.

Als ich langsam am Ende des Decks des Vorschiffs auf und ab ging, dachte ich an die Sache vom Morgen. Zuerst waren meine Gedanken beim Alten. Ich verfluchte ihn innerlich, weil er ein so sturer alter Mann war, bis mir bewusst wurde, dass ich an seiner Stelle genauso herumgetobt hätte.

Wenn ich an Deck gekommen wäre und das Schiff fast auf Rückfahrkurs vorgefunden hätte, mit einem Burschen am Steuer, der auf die See starrte, anstatt seiner Arbeit nachzugehen, hätte ich ebenfalls großen Krach gemacht. Und dann war ich sowieso ein Esel, dass ich ihm von dem Schiff erzählt hatte. Ich glaube, ich hätte das nicht gemacht, wenn ich nicht ein wenig abgedriftet wäre. Bestimmt dachte der alte Bursche, dass ich durchgeknallt war.

Ich hörte auf, mir darüber den Kopf zu zerbrechen und überlegte stattdessen, warum der zweite Maat am Morgen so eigenartig ausgesehen hatte.

Konnte er mehr von der Wahrheit erahnen, als ich vermutete? Und wenn das der Fall war, warum hat er sich geweigert, mir zuzuhören?

Danach fing ich an, über den Nebel zu grübeln. Während des Tages dachte ich eine Menge darüber nach. Eine Idee kam mir sehr stark in den Sinn. Sie drehte sich um meine Annahme, dass der wirkliche, sichtbare Nebel, ein verkörperter Ausdruck der subtilen Atmosphäre war, in der wir uns bewegten.

Ganz abrupt, als ich so vor und zurück ging und dabei gelegentliche Blicke auf das Meer warf, das fast ruhig war, erhaschten meine Augen den Schein eines Lichts in der Dunkelheit.

Ich stand still da und starrte. Ich frage mich, ob es das Licht eines Schiffes war. In diesem Fall wären wir nicht länger von dieser außergewöhnlichen Atmosphäre umschlossen gewesen. Ich beugte mich vor und gab der Sache meine besondere Aufmerksamkeit. Ich erkannte dann, dass es unzweifelhaft das grüne Licht eines Schiffs war, auf unserer vorderen Backbordseite. Es war klar zu sehen, dass es unseren Bug kreuzen würde. Was noch hinzukam – es war gefährlich nahe. Die Größe und Helligkeit seines Lichts zeigte das. Es würde am Wind sein, während wir frei fuhren, sodass es – natürlich – an uns war, ihm aus dem Weg zu gehen.

Sofort drehte ich mich herum, nahm meine Hände an den Mund und rief dem zweiten Maat zu: *Licht am Bug der Backbordseite, Sir.*

Im nächsten Moment kam sein Ruf zurück: *Wo denn?*

Der muss blind sein, sagte ich zu mir selbst.

Ungefähr zwei Strich am Bug, Sir!, rief ich aus.

Dann drehte ich mich herum, um zu sehen, ob es irgendwie seine Position verändert hatte. Aber als ich hinsah, war kein Licht zu erkennen. Ich rannte nach vorne zum Bug, lehnte mich über die Reling und starrte. Aber da war nichts – absolut nichts als die Dunkelheit überall um uns herum.

Ein paar Sekunden vielleicht stand ich dort, und ein Verdacht überkam mich, dass das Ganze eine Wiederholung der Dinge vom Morgen war. Offensichtlich hatte sich das ungreifbare Irgendetwas, welches auf dem Schiff war, ein wenig gelüftet, was mir erlaubt hatte, das Licht vor uns zu sehen. Nun hatte es sich wieder geschlossen. Aber, ob ich es sehen konnte oder nicht, zweifelte ich nicht an der Tatsache, dass da ein Schiff vor uns war, und außerdem sehr nahe. Wir könnten es jede Minute rammen. Meine einzige Hoffnung war, dass die anderen das Ruder herumgelegt hatten, mit der Absicht, hinter uns vorbeizusegeln und uns passieren zu lassen, als sie sahen, dass wir ihm nicht aus dem Weg gingen.

Ich wartete, ziemlich angespannt, passte auf und lauschte. Dann, plötzlich, hörte ich Schritte, die auf dem Deck nach vorne kamen, und der Schiffsjunge, der mit der Zeitwache an der Reihe war, kam nach vorne, an die Spitze des Vorschiff-Decks.

Der zweite Maat meint, dass er keine Lichter sehen kann, Jessop, sagte er und kam zu mir herüber. *Wo ist es?*

Ich weiß nicht, antwortete ich. *Ich habe es selbst aus den Augen verloren. Es war ein grünes Licht, ungefähr zwei Strich am Backbord-Bug. Es schien ziemlich nahe zu sein.*

Vielleicht ist seine Lampe ausgegangen, brachte er vor, nachdem er für eine Minute oder so, sehr intensiv in die Nacht gestarrt hatte.

Vielleicht, antwortete ich.

Ich sagte ihm nicht, dass das Licht so nahe war und dass wir, trotz der Dunkelheit, jetzt in der Lage sein müssten, das Schiff selbst zu sehen.

Bist du dir sicher, es war ein Licht, nicht ein Stern?, fragte er im Zweifel, nach einem erneuten, langen Hinstarren.

Oh nein, sagte ich. *Es könnte der Mond gewesen sein, jetzt wo ich mir das überlege.*

Rede keinen Unsinn, antwortete er. *Es ist nicht schwer, einen Fehler zu machen. Was soll ich dem zweiten Maat sagen?*

Natürlich sagst du ihm, dass es verschwunden ist.

Wohin?, fragte er.

Wie zu Teufel soll ich das wissen?, sagte ich zu ihm. *Stell keine dummen Fragen.*

Also gut, mach keinen Unsinn, sagte er und ging nach hinten, um dem zweiten Maat zu berichten.

Es mag fünf Minuten später gewesen sein, als ich das Licht wieder sah. Es war weit weg vom Bug und zeigte mir deutlich genug, dass sie das Ruder herumgerissen hatten, um nicht gerammt zu werden.

Ich zögerte keinen Moment, sondern rief sogleich dem zweiten Maat zu, dass da ein grünes Licht war, ungefähr vier Strich am Bug. Bei Gott, das muss knapp gewesen sein! Es schien, dass das Licht nicht mehr als 100 Yards entfernt war. Es war ein glücklicher Umstand, dass wir nicht so schnell durchs Wasser glitten.

Nun, sagte ich zu mir selbst, *wird der Zweite das Ding sehen. Und vielleicht ist Mr. Bloming, der Schiffsjunge, in der Lage, seinem Stern den richtigen Namen zu geben.*

Sobald mir dieser Gedanke in den Kopf kam, schwächte sich das Licht ab und verschwand.

Ich vernahm die Stimme des zweiten Maats: *Wo denn?*, rief er aus.

Es ist wieder weg, Sir, antwortete ich. Eine Minute später hörte ich ihn über das Deck laufen.

Er erreichte das untere Ende der Steuerbordleiter. *Wo bist du, Jessop*, fragte er nach.

Hier, Sir, sagte ich und ging an das Kopfende der Leiter.

Er kam langsam nach oben auf das Deck des Vorschiffs. *Was ist das, was du da wegen eines Lichts herumgerufen hast?*, fragte er. *Zeig mir nur genau, wo es war, als du es zuletzt gesehen hast.*

Das machte ich, und er ging hinüber zur Reling auf der Backbordseite und schaute hinaus in die Nacht; er sah aber nichts.

Wie ich schon sagte, es ist nicht mehr da, Sir, wagte ich, ihn zu erinnern. *Doch ich habe es nun zweimal gesehen – einmal ungefähr zwei Strich am Bug und dieses letzte Mal, weit weg vom Bug, aber es verschwand in beiden Fällen, fast sofort.*

Ich verstehe das alles nicht, Jessop, sagte er mit einer verwirrten Stimme. *Bist du dir sicher, dass es ein Schiffslicht war?*

Ja, Sir. Ein grünes Licht; es war sehr nah.

Ich verstehe das nicht, sagte er wieder. *Renn nach hinten und frag den Schiffsjungen, dass er dir mein Nachtglas herunterreichen soll. Sei so flott, wie du kannst.*

Aye, aye, Sir!, antwortete ich und rannte nach hinten.

In weniger als eine Minute war ich mit seinem Fernglas zurück, und mit diesem starrte er für einige Zeit auf der Leeseite über das Meer.

Auf einmal legte er das Fernglas auf die Seite und schaute zu mir herum, mit einer plötzlichen Frage: *Wo ist es hin? Wenn es sein Steuer so schnell herumgeworfen hat, muss es ziemlich nahe sein. Wir müssten seine Holme und Segel sehen, oder seine Kabinenlichter, oder das Licht im Kompasshaus, oder irgendetwas!*

Es ist sehr seltsam, Sir, stimmte ich zu.

Verdammt seltsam, sagte er. *So verdammt seltsam, dass ich geneigt bin zu denken, dass du einen Fehler gemacht hast.*

Nein, Sir, ich bin sicher, es war ein Licht.

Wo ist dann das Schiff?, fragte er.

Das kann ich nicht sagen, Sir. Das ist genau das, was mich verwirrt.

Der Zweite gab darauf keine Antwort, aber er drehte ein paar schnelle Runden über das Deck des Vorschiffs, stoppte an der Backbord-Reling und schaute wieder auf die Leeseite durch sein Nachtglas. Er stand vielleicht eine Minute da. Dann, ohne ein Wort, ging er hinunter und weg nach hinten, über das Hauptdeck, zum Heck.

Er ist verdammt verwirrt, sagte ich zu mir selbst. *Oder er denkt sich vielleicht, ich habe mir die Dinge nur eingebildet. So oder so, ich glaube, dass er so etwas im Sinn hat.*

Nach einem kurzen Moment begann ich, nach all dem, darüber nachzudenken, ob er irgendeine Vorstellung von der Wahrheit haben könnte. In der einen Minute fühlte ich, dass er diese hatte, und in der nächsten war ich genauso sicher, dass er nichts ahnte.

Ich bekam eine meiner Anwandlungen, in denen ich mich fragte, ob es nicht besser wäre, ihm alles zu sagen. Es schien mir, dass er genug gesehen hatte und was ihn geneigt machen könnte, mir zuzuhören. Und doch, ich konnte mir keineswegs sicher sein. Ich würde mich in seinen Augen möglicherweise nur zu einem Esel machen oder ihn dazu bringen zu glauben, ich wäre verrückt.

Mit diesem Gefühl lief ich oben an Deck des Vorschiffs herum, als ich das Licht zum dritten Mal wahrnahm. Es war sehr hell und groß, und ich konnte sehen, wie es sich bewegte, während ich es beobachtete. Das zeigte mir wieder, dass es sehr nah sein musste.

Sicher, dachte ich, *muss es der zweite Maat jetzt selbst sehen.*

Dieses Mal hatte ich nicht sofort ausgerufen. Ich dachte, ich lasse den Zweiten selbst sehen, dass ich mich nicht geirrt hatte. Außerdem wollte ich sein abermaliges Verschwinden nicht riskieren, gerade in dem Moment, wo ich gesprochen hätte. Für eine gute halbe Minute betrachtete ich es und es gab keine Anzeichen, dass es verschwinden würde.

Jeden Moment erwartete ich den Ausruf des zweiten Maats, was mir zeigen würde, dass er es endlich gesehen hatte, aber es passierte nichts dergleichen.

Ich konnte es nicht länger aushalten und rannte zur Reling, am hinteren Teil des Vorschiff-Decks.

Ein grünes Licht, ein wenig achtern querschiffs, Sir!, rief ich aus voller Stimme. Ich hatte aber zu lange gewartet. Gerade als ich rief, flackerte das Licht und verschwand.

Ich stampfte mit dem Fuß auf und fluchte. Das Ding machte mich zum Narren. Dennoch hatte ich die vage Hoffnung, dass es jemand hinten auf dem Deck gesehen hatte, bevor es verschwand, aber ich wusste, das war vergeblich.

Sofort hörte ich die Stimme des zweiten Maats: *Verdammtes Licht!*, schrie er. Dann blies er in seine Trillerpfeife, und einer der Männer rannte aus dem Vorschiff nach achtern, um zu sehen, was er wollte.

Wer ist als Nächster dran Ausschau zu halten?, hörte ich ihn fragen.

Jaskett, Sir.

Dann sag Jaskett, dass er Jessop sofort ablösen soll, hörst du?

Ja, Sir!, sagte der Mann und kam nach vorne.

Nach einer Minute stolperte Jaskett auf das Vorschiff-Deck. *Was gibt es, Kumpel?*, fragte er mit schläfriger Stimme.

Es ist dieser Narr eines zweiten Maats, sagte ich wild heraus. *Ich habe ihm dreimal ein Licht gemeldet, und nur, weil es dieser blinde Kerl nicht sehen kann, hat er dich heraufgeschickt, um mich abzulösen!*

Wo ist es, Kumpel?, fragte er.

Er schaute herum auf der dunklen See. *Ich sehe kein Licht*, bemerkte er nach ein paar Momenten.

Nein, sagte ich, *es ist weg.*

Was?, fragte er.

Es ist weg, sagte ich gereizt.

Er drehte sich um und betrachtete mich schweigend durch die Dunkelheit. *Ich übernehme jetzt, leg dich schlafen, Kumpel,* sagte er schließlich. *Ich war schon selbst einmal in diesem Zustand. Da gibt es nichts Besseres, als einen guten Schlaf, wenn es so kommt.*

Was?, sagte ich. *Wie, was?*

Ist schon gut, Kumpel. Morgen früh bist du wieder in Ordnung. Mach dir über mich keine Gedanken. Sein Tonfall klang sympathisch.

Zur Hölle!, war alles, was ich sagte, und ging runter auf das Deck des Vorschiffs. Ich fragte mich, ob der alte Kerl dachte, dass ich verrückt geworden bin.

Geh schlafen, bei Gott!, murmelte ich zu mir selbst. *Ich würde gern wissen, wer sich nach Schlaf sehnt, nachdem was ich heute gesehen und durchgemacht hatte!*

Ich fühlte mich kaputt, ohne zu verstehen, was wirklich los war, und auch ganz allein, durch die Dinge, die ich erfahren hatte. Dann kam mir der Einfall, nach hinten zu gehen und die Sache mit Tammy zu besprechen. Ich wusste, dass er in der Lage sein würde, zu verstehen, und – natürlich – wäre das solch eine Erleichterung.

Mit diesem Gedanken drehte ich mich herum und ging nach hinten, das Deck entlang, zur Koje des Schiffsjungen.

Als ich mich dem Vorbau des Hecks näherte, schaute ich nach oben und sah die dunkle Gestalt des zweiten Maats, der sich über das Geländer über mir lehnte.

Wer ist das?, fragte er.

Jessop, Sir, sagte ich.

Was willst du in diesem Teil des Schiffs?, wollte er wissen.

Ich bin nach hinten gekommen, um mit Tammy zu sprechen, antwortete ich.

Du gehst stracks nach vorne und legst dich hin, sagte er, im Großen und Ganzen keineswegs unfreundlich. *Ein Schlaf wird dir besser tun, als hier Geschichten zu erzählen. Du weißt, dass du dir Dinge zu sehr einbildest.*

Ich bin sicher, dass das nicht so ist, Sir. Ich bin völlig in Ordnung. Ich –

Das reicht!, unterbrach er scharf. *Du gehst jetzt schlafen!*

Ich fluchte kurz, mit zusammengepressten Zähnen und ging langsam nach vorne. Ich wurde wütend, dass man mich so behandelte, als wäre ich nicht bei Verstand.

Bei Gott!, sagte ich zu mir selbst. *Warte, bis die Idioten wissen, was ich weiß – warte nur!*

Ich betrat das Vorschiff durch die Backbord-Tür, ging rüber zu meiner Truhe und setzte mich hin. Ich fühlte mich verärgert, müde und miserabel.

Quoin und Plummer saßen in der Nähe, spielten Karten und rauchten. Stubbins lag in seiner Kabine, beobachtete sie und hatte ebenfalls seine Pfeife im Mund.

Als ich mich setzte, streckte er seinen Kopf nach vorne über das Kojenbrett und betrachtete mich in einer neugierigen, nachdenklichen Weise.

Was ist los mit dem zweiten Offizier?, fragte er, nachdem er mich kurz angestarrt hatte.

Ich blickte ihn an, und die beiden anderen Männer sahen zu mir herüber. Ich fühlte mich so, als würde ich platzen, wenn ich ihnen nichts sagen würde. Deshalb kam es ziemlich gerade aus mir heraus, und ich erzählte ihnen die ganze Geschichte. Jedoch, ich hatte schon genug gesehen, um zu wissen, dass es nicht gut war, die Dinge zu erklären und so gab ich ihnen nur die klaren, nüchternen Fakten und ließ Erklärungen so weit wie möglich weg.

Drei Mal, sagtest du?, bemerkte Stubbins, als ich fertig war.

Ja, stimmte ich zu.

Und der Alte hat dich vom Steuerrad genommen, heute Morgen, weil du ein Schiff gesehen hast, dass er nicht sehen konnte, fügte Plummer in nachdenklichem Ton hinzu.

Ja, sagte ich wieder.

Ich nahm an, er würde bedeutungsvoll zu Quoin hinüberblicken, aber Stubbins, wie ich feststellte, sah nur auf mich.

Ich denke, der Zweite meint wohl, dass du dich nicht wohlfühlst, bemerkte er nach einer kurzen Pause.

Der zweite Maat ist ein Narr!, sagte ich mit Bitterkeit. *Ein verwirrter Narr!*

Ich bin mir da nicht so sicher, antwortete er. *Es muss ihm doch alles verrückt erscheinen. Ich verstehe es selbst nicht…*

Er verfiel in Stille und rauchte.

Ich kann nicht begreifen, wie es der zweite Maat nicht sehen konnte, sagte Quoin mit verwirrter Stimme.

Es erschien mir, dass Plummer ihn anschubste, ruhig zu sein, und es sah auch so aus, dass Plummer die Ansicht des zweiten Maats teilte. Dieser Gedanke machte mich rasend, aber Stubbins nächste Bemerkung erregte meine Aufmerksamkeit.

Ich verstehe es nicht, sagte er wieder und sprach mit Bedächtigkeit. *Gleichzeitig sollte der Zweite genug begriffen haben, dich nicht vom Ausguck wegzujagen.*

Er nickte langsam mit seinem Kopf und hielt seinen Blick starr auf mein Gesicht fixiert.

Was meinst du?, fragte ich verwirrt, jedoch mit einem vagen Gefühl, dass der Mann vielleicht mehr verstand, als ich bisher angenommen hatte.

Ich meine, warum ist sich der Zweite so verdammt sicher? Er machte einen Zug an seiner Pfeife, nahm sie heraus aus dem Mund und lehnte sich ein wenig vor, über sein Kojenbrett.

Hat er nichts zu dir gesagt, als du vom Ausguck kamst, fragte er.

Doch, sagte ich. *Er entdeckte mich, als ich nach hinten ging. Er erklärte mir, dass ich mir die Dinge zu stark einbilden würde. Er sagte mir, dass ich besser nach vorne gehen sollte, um mich schlafen zu legen.*

Und was hast du gesagt?, meinte Stubbins.

Nichts. Ich bin nach vorne gegangen, entgegnete ich.

Stubbins fuhr fort: *Warum hast du ihn verdammt noch mal nicht gefragt, ob er sich nicht einen Ulk erlaubt hat, als er uns den Mast hochjagte, nach diesem Butzemann von ihm.*

Daran habe ich niemals gedacht, sagte ich ihm.

Nun, das hättest du aber, bemerkte er.

Er machte eine Pause, setze sich in seiner Koje auf und fragte nach einem Streichholz. Als ich ihm die Schachtel reichte, sah Quoin von seinem Spiel auf. *Weißt du, es hätte ein blinder Passagier sein können. Du kannst nicht sagen, dass es jemals einen Beweis dafür gab, dass es nicht so war.*

Stubbins gab mir die Schachtel zurück und fuhr fort, ohne Notiz von Quoins Anmerkung zu nehmen. *Er sagte dir, zu gehen und etwas zu schlafen, nicht wahr? Ich weiß nicht, über was er hinwegtäuschen will.*

Was meinst du mit täuschen?, fragte ich.

Er nickte weise mit seinem Kopf. *Ich bin der Meinung, dass er genau weiß, dass du das Licht gesehen hast, genauso verdammt gut, wie ich es tue.*

Plummer schaute während dieser Ansprache von seinem Kartenspiel auf, sagte aber nichts.

Dann bezweifelst du also nicht, dass ich es wirklich gesehen habe?, fragte ich Stubbins, mit einer gewissen Überraschung.

Nicht ich, bemerkte er versichernd. *Du hast sicher diesen Fehler nicht drei Mal hintereinander gemacht.*

Nein, sagte ich. *Ich weiß, dass ich das Licht hinreichend gut gesehen habe, aber –* ich zögerte einen Moment *– es ist verflixt eigenartig.*

Es ist verflixt eigenartig, stimmte er zu, *es ist verflixt eigenartig. Und es gibt eine Menge anderer, verdammt eigenartiger Dinge an Bord dieses Segelschiffs in letzter Zeit.*

Er war einen Moment still, dann sprach er plötzlich: *Es ist nicht natürlich, soweit bin ich mir verdammt sicher.*

Er nahm einige Züge an seiner Pfeife, und in dieser momentanen Stille erhaschte ich die Stimme von Jaskett über uns. Er schrie auf dem Heck herum: *Rotes Licht auf der Steuerbordseite, Sir!,* hörte ich ihn ausrufen.

Da habt ihr es, sagte ich mit einem Ruck meines Kopfes. *Das ist ungefähr dort, wo der Postsegler, den ich gesehen habe, jetzt sein müsste. Er konnte vor unserem Bug nicht kreuzen, sodass er das Ruder herumgeworfen hatte, um uns passieren zu lassen, und nun holt er wieder auf und ist unter unserem Heck.*

Ich stieg von der Truhe und ging zur Tür, und die anderen drei folgten. Als wir auf das Deck traten, hörte ich den zweiten Maat von ganz hinten rufen, um zu erfahren, wo die Lichter sein sollen.

Bei Gott! Stubbins, sagte ich. *Ich glaube, das verdammte Ding ist wieder verschwunden.*

Wir rannten zusammen zur Steuerbordseite und schauten darüber hinweg, aber es gab kein Anzeichen von einem Licht in der Dunkelheit hinter dem Schiff.

Ich kann nicht behaupten, dass ich irgendein Licht sehe, sagte Quoin.

Plummer sagte nichts.

Ich schaute hoch zum Deck des Vorschiffs. Dort konnte ich schwach die Konturen von Jaskett erkennen. Er stand an der Steuerbord-Reling, seine Hände erhoben, die seine Augen abschirmten, und starrte offensichtlich in Richtung des Ortes, wo er das Licht zuletzt gesehen hatte.

Wo ist es hin, Jaskett?, rief ich heraus.

Ich kann es nicht sagen, Kumpel, antwortete er. *Es ist das teuflischste und verrückteste Ding, das mir jemals begegnet ist. Es war da, so klar wie ich, in der einen Minute, und in der nächsten, war es weg – vollkommen weg.*

Ich drehte mich zu Plummer hin. *Wie denkst du jetzt darüber?*, fragte ich ihn.

Nun, sagte er. Ich muss zugeben, dass ich zuerst gedacht hatte, es wäre nur viel Lärm um nichts. Ich denke, ich hatte da unrecht. Es scheint doch so, dass du etwas gesehen hast.

Von hinten hörten wir den Klang von Schritten, die das Deck entlang kamen. *Der Zweite kommt nach vorne für eine Erklärung, Jaskett*, rief Stubbins aus. *Du gehst besser runter und wechselst deine Hosen.*

Der zweite Maat ging an uns vorbei und die Steuerbord-Leiter hoch. *Was ist jetzt los, Jaskett*, sagte er schnell. *Wo ist das Licht? Weder der Schiffsjunge, noch ich, können es sehen.*

Das verdammte Ding ist einfach verschwunden, Sir, antwortete Jaskett.

Verschwunden!, sagte der zweite Maat. *Verschwunden! Was meinst du damit?*

In einer Minute war es da, Sir, so klar wie ich hier, und in der nächsten war es weg.

Das ist verdammt dummes Zeug, was du mir erzählst!, antwortete der Zweite. *Du erwartest doch nicht von mir, dass ich das glaube, tust du das?*

Es ist trotzdem die heilige Wahrheit, Sir, antwortete Jaskett. *Und Jessop hat es genauso gesehen.*

Er hatte diesen letzten Teil als nachträglichen Einfall hinzugefügt. Offensichtlich hatte der alte Bursche seine Meinung über meinen Bedarf an Schlaf geändert.

Du bist ein Narr, Jaskett, sagte der Zweite scharf. *Und Jessop, dieser Idiot, hat dir die Dinge in deinen alten, dummen Kopf gesetzt.*

Er hielt einen Moment inne, dann fuhr er fort: *Was zum Teufel ist mit euch allen los, dass ihr solche Spiele macht? Ihr wisst ganz genau, dass ihr kein Licht gesehen habt! Ich habe Jessop vom Ausguck geworfen, und dann müsst ihr hergehen und das gleiche Spiel treiben.*

Ich habe nicht – begann Jaskett zu sagen, aber der Zweite brachte ihn zum Schweigen.

Halt den Mund!, sagte er. Dann drehte er sich um und ging, an uns vorbei, die Leiter runter, ohne ein Wort.

Es scheint mir nicht so, Stubbins, sagte ich, *dass der Zweite geglaubt hat, wir hätten das Licht gesehen.*

Ich bin mir nicht so sicher, antwortete er. *Er ist ein schwer durchschaubarer Mensch.*

Der Rest der Wache ging ruhig vorbei und beim achten Glockenschlag legte ich mich schnell schlafen, da ich furchtbar müde war.

Als man uns wieder für die 4 bis 8 Uhr Wache rief, erfuhr ich, dass einer der Männer in der Wache des Maats ein Licht gesehen hatte, kurz nachdem wir nach unten gegangen waren. Er hatte es gemeldet, woraufhin es sofort wieder verschwunden war.

Dies, so fand ich heraus, ist zweimal passiert, und der Maat ist so wütend geworden, unter der Annahme, der Mann würde ihn veralbern, dass er sich fast mit ihm geprügelt hätte. Schließlich beorderte er ihn vom Ausguck weg und schickte einen anderen Mann an seiner Stelle nach oben.

Wenn dieser letzte Mann das Licht auch gesehen hat, dürfte er sich davor gehütet haben, dies dem Maat wissen zu lassen, und die Sache endete damit.

Und dann, in der folgenden Nacht, bevor wir damit aufgehört hatten, über die Sache mit den verschwindenden Lichtern zu reden, passierte etwas anders, dass vorübergehend alle Erinnerungen an Nebel und die ungewöhnliche, unsichtbare Atmosphäre, die er mitbrachte, aus meinen Gedanken vertrieb.

IX. Der Mann, der um Hilfe rief

Es war, wie ich sagte, in der folgenden Nacht, dass wieder etwas Neues passierte. Es bescherte mir, wenn nicht auch einigen anderen, sehr lebhaft das Gefühl einer leiblichen Gefahr an Bord.

Als die 8 bis 12 Uhr Wache an die Reihe kam, sind wir nach unten gegangen, und mein letzter Eindruck des Wetters um 8 Uhr war, dass der Wind aufgefrischt hatte. Es gab eine große Ansammlung von Wolken, die sich hinter uns erhoben. Es sah auch aus, als würde sich die Brise noch verstärken.

Viertel vor 12 mittags, als man uns zur 12 bis 4 Uhr Wache an Deck gerufen hatte, konnte ich sofort am Geräusch erkennen, dass da eine frische Brise wehte. Zur gleichen Zeit hörte ich die Stimmen der Männer von der anderen Wache, die ausriefen, als sie an den Seilen zogen. Ich bemerkte das Rascheln von Leinwand im Wind und dachte mir, dass sie dabei waren, die Royalsegel einzuholen.

Ich schaute auf meine Uhr, die immer in meiner Koje hing. Sie zeigte mir an, dass gerade erst wenige Minuten vom letzten Viertel vergangen waren. Mit einigem Glück, könnte ich davor verschont werden würde, zu den Segeln hochsteigen zu müssen. Ich zog mich schnell an und ging dann zur Tür, um nach dem Wetter zu sehen. Ich sah, dass sich der Wind von der Steuerbordseite, nach rechtachteraus gedreht hatte, und ein Blick auf den Himmel sagte mir, dass da bald mehr kommen würde.

Ganz oben konnte ich schwach erkennen, wie das Vor- und Achter Royalsegel im Wind flatterten. Das Haupt-Royalsegel hatte man noch eine Weile so gelassen.

In der vorderen Takelage folgte Jacobs, der Matrosenanwärter in der Wachmannschaft des Maats, einem der anderen Männer hinauf zu dem Segel. Die beiden Schiffsjungen des Maats waren bereits oben am Besanmast. Unten auf dem Deck war der Rest der Männer damit beschäftigt, die Leinen aufzuräumen.

Ich ging zurück in meine Koje und schaute auf meine Uhr – es waren nur fünf Minuten vor dem achten Glockenschlag und so machte ich mein Ölzeug fertig, da es draußen nach Regen aussah. Während ich dies tat, ging Jock zur Tür, um hinauszuschauen.

Wie sieht's aus, Jock?, fragte Tom und kam schnell aus seiner Koje heraus.

Ich denke, es wird ein klein wenig windig werden und du wirst dein Ölzeug brauchen, antwortete Jock.

Als die achte Glocke ertönte und wir uns hinten zum Appell meldeten, gab es eine erhebliche Verzögerung. Der Maat weigerte sich, diesen auszuführen, bis Tom (der wie immer erst in letzter Minute aus seiner Koje herauskroch) nach hinten kam, um den Aufruf seines Namens zu beantworten. Als er schließlich da war, gaben ihm der Zweite und der Maat gemeinsam einen guten Anpfiff als fauler Matrose, sodass einige Minuten vergingen, bevor wir uns wieder auf den Weg nach vorne machten.

Das war an sich eine kleinere Angelegenheit, aber in der Tat mit schrecklichen Folgen für einen unter uns. Als wir die vordere Takelage erreichten, gab einen Schrei von oben, laut über das

Geräusch des Windes hinweg. Im nächsten Moment fiel etwas herunter und in unsere Mitte, mit einem gewaltigen, dumpfen Schlag – etwas Klobiges und Schweres, das Jock voll traf, sodass er mit einem gellenden, schrecklich klingenden *Uuh!* zu Boden ging und kein Wort mehr sagte.

Von den Männern kamen Schreie der Angst, und dann rannten wir geschlossen weg, zum beleuchteten Vorschiff. Ich schäme mich nicht, zu sagen, dass ich mit dem Rest mitgerannt bin. Eine blinde, vernunftlose Furcht hatte mich gepackt und ich hielt nicht an, um nachzudenken.

Erst als wir im Vorschiff waren und im Licht, gab es erste Reaktionen. Wir standen alle da und schauten uns für eine Weile verständnislos an. Dann fragte jemand etwas, und es gab ein allgemeines Gemurmel der Ablehnung. Wir schämten uns alle, und einer griff nach oben, um die Laterne auf der Backbordseite aufzuhängen. Ich machte das Gleiche mit der auf der Steuerbordseite, und wir bewegten uns schnell in Richtung der Türen. Als wir hinausströmten, vernahm ich die Stimme der beiden Maate. Sie sind augenscheinlich vom Heck heruntergekommen, um herauszufinden, was passiert war. Es war aber zu dunkel, um zu sehen, wo sie genau waren.

Wo zum Teufel seid ihr alle hingegangen?, hörte ich den Maat schreien.

Im nächsten Moment mussten sie das Licht unserer Laternen gesehen haben. Da ich ihre Schritte hörte, die rennend über das Deck kamen. Sie gingen an die Steuerbordseite, und direkt hinter der Takelage stolperte einer von ihnen und fiel über etwas. Es war der erste Maat, der hingefallen war. Ich konnte das an seinem Fluchen erkennen, das direkt danach folgte.

Er stand wieder auf und ging er eilig zur Nagelbank, offensichtlich ohne stehen zu bleiben und nachzusehen, über was er da gestolpert war.

Der zweite Maat rannte in den Schein des Lichts unserer Laternen, blieb ruckartig stehen – und beäugte uns zweifelnd. Ich bin darüber nicht überrascht – aus heutiger Sicht – und auch nicht über das Betragen des Maats, im folgenden Moment. Aber zu jenem Zeitpunkt, muss ich sagen, konnte ich nicht begreifen, was in sie gefahren war, speziell, was den ersten Maat anbelangt.

Er kam gehetzt zu uns heraus aus der Dunkelheit, mit einem Gebrüll wie ein Stier und schwang dabei einen Belegnagel* [* starker Knüppel, herausnehmbarer Pin in der Nagelbank]. Ich dachte dabei nicht an die Szene, die seinen Augen dargeboten wurde: Die ganze Meute der Männer auf dem Vorschiff – beide Wachmannschaften – die in völliger Konfusion aufs Deck geströmt waren, total aufgeregt, mit zwei Burschen an der Spitze, die Laternen trugen. Und davor gab es einen Schrei von oben, gefolgt von den Rufen der verängstigten Mannschaft und der Klang ihrer rennenden Füße.

Er könnte den Schrei sehr wohl für ein Signal gehalten haben und unsere Aktionen nicht weit von einer Meuterei entfernt. In der Tat sagten uns seine Worte, dass er dies wirklich dachte.

Ich schlage dem ersten Mann, der einen Schritt weiter hinter kommt, ins Gesicht!, schrie er und schüttelte den Knüppel vor meinem Kopf herum. *Ich werde euch zeigen, wer hier der Herr ist! Was zum Teufel macht ihr da? Geht nach vorne in eure Hundehütte!*

Es gab ein tiefes Gemurmel bei den Männern, wegen dieser letzten Bemerkung, und der alte Schinder trat einige Schritte zurück.

Haltet ein, ihr Burschen!, rief ich aus. *Haltet für einen Moment den Mund!*

Mr. Tulipson, rief ich dem Zweiten zu, der von der Seite kein Wort verstehen konnte. *Ich weiß nicht, was zum Teufel los ist mit dem ersten Maat, aber er soll sehen, dass es sich nicht auszahlt mit einer Gruppe, wie wir es sind, in dieser Weise zu sprechen, oder es gibt Krawall an Bord.*

Komm! Komm! Jessop! Das geht nicht! Ich kann dich nicht so über den Maat sprechen lassen!, sagte er scharf. *Lass mich sehen, was zu tun ist, und dann geht wieder nach vorne, ihr alle.*

Wir hätten Ihnen alles zuerst erzählt, Sir, sagte ich, *nur der Maat wollte keinem von uns die Chance geben, zu sprechen. Es gab einen fürchterlichen Unfall, Sir. Etwas ist herabgefallen, direkt auf Jock…*

Ich hielt augenblicklich inne, denn es gab laute Schreie von oben.

Hilfe! Hilfe! Hilfe!, rief jemand, und dann schwoll es von einem Ruf, zu einem Schrei an.

Mein Gott, Sir!, schrie ich. *Da ist einer der Männer im vorderen Royalsegel.*

Hört!, befahl der zweite Maat, *hört!* Sogar als er sprach, kam es wieder – gebrochen und, wie es sich anhörte, in keuchenden Atemzügen.

Hilfe! ... Oh! ... Gott! ... Hilfe! H-i-l-f-e!

Abrupt kam die Stimme von Stubbins: *Hoch mit uns, Burschen! Bei Gott! Hoch mit uns!*, und er machte einen Satz in die vordere Takelage.

Ich nahm den Griff meiner Laterne zwischen die Zähne und folgte.

Plummer kam auch, aber der zweite Maat zog ihn zurück. *Das reicht!*, sagte er, *ich gehe*, und er kam mir nach.

Wir kletterten über die Plattform des Fockmasts und rasten hoch wie böse Geister. Das Licht der Laterne war nicht stark genug, weiter in die Dunkelheit hineinzusehen, aber an der Saling* [* Holzkonstruktion um die Seiten des Masts herum] schrie Stubbins, der ein paar Webleinen weiter vorne war, plötzlich und mit keuchender Stimme: *Sie kämpfen ... wie ... verrückt!*

Was?, rief der Maat, ganz außer Atem.

Offensichtlich hatte Stubbins ihn nicht gehört, da er ihm keine Antwort gab.

Wir passierten die Saling und kletterten hoch zum Bramsegel. Der Wind war ziemlich frisch da oben, und über uns hörten wir das *Flapp, Flapp* von Segeltuch, das im Wind flatterte, aber seit wir vom Deck hier hochkamen, gab es keinen weiteren Laut mehr von oben.

Nun, ganz plötzlich, kam ein heftiges Schreien aus der Dunkelheit über uns. Ein seltsames, wildes Durcheinander war das, aus Rufen um Hilfe, gemischt mit heftigen, atemlosen Flüchen.

Unterhalb des Royalsegels hielt Stubbins inne und schaute auf mich herab. *Beeil dich ... mit der ... Laterne ... Jessop!*, rief er aus und holte immer wieder Luft zwischen den Worten. *Da gibt es ... gleich ... einen Mord!*

Ich erreichte ihn und hielt ihm die Laterne hin, damit er sie greifen konnte. Er beugte sich und nahm sie mir ab.

Dann, indem er sie über seinen Kopf hielt, ging er ein paar Webleinen weiter hoch in der Takelage. Auf diese Weise kam er auf die Höhe des Royalsegels.

Aus meiner Position heraus, ein wenig unterhalb von ihm, schien es so, dass die Laterne nur ein paar wenige, umherstreifende und flackernde Strahlen entlang der Holme warf; dennoch zeigten sie mir etwas.

Mein erster Blick ging zur Luvseite und ich sah, dass da nichts auf der Rah an der Wetterseite war. Von dort sah ich rüber zur Leeseite. Undeutlich konnte ich etwas auf der Rah sehen, das sich strampelnd festhielt. Stubbins drehte sich mit dem Licht in diese Richtung, jetzt konnte ich es deutlicher erkennen. Es war Jacobs, der Matrosenanwärter. Sein rechter Arm hielt die Rah fest umschlossen, und mit dem anderen Arm schien er etwas von der Seite abzuwehren, etwas weiter draußen auf der Rah. Von Zeit zu Zeit kamen ein Stöhnen und Schnappen von ihm und manchmal Flüche.

Auf einmal, als es so aussah als würde er fast aus seinem Halt gerissen, schrie er wie ein Weib. Seine ganze Haltung zeigte eine eigenwillige Verzweiflung. Ich kann gar nicht beschreiben, wie sehr mich dieser befremdende Anblick betroffen gemacht hat. Ich schien all das wahrzunehmen, ohne zu begreifen, dass die Sache wirklich passierte.

Während der paar Sekunden, die ich starrend und atemlos verbrachte, ist Stubbins um die Hinterseite des Masts herumgeklettert und nun machte ich mich auf, ihm zu folgen.

Von seiner Position, unterhalb von mir, war der Zweite nicht in der Lage die Sache zu beobachten, die hier oben auf der Rah passierte, und er rief mir zu, um zu erfahren, was los war.

Es ist Jacobs, Sir, rief ich zurück. *Es scheint so, als würde er mit jemandem auf der Leeseite kämpfen. Ich kann es noch nicht deutlich sehen.*

Stubbins war herumgekommen, auf der Leeseite der Fußleine, und nun hielt er die Laterne hoch und schaute sich um. Schnell begab ich mich längs von ihm.

Der zweite Maat folgte, aber anstelle auf die Fußleine zu gehen, ging er auf die Rah und stand da und hielt sich an der Verbindung fest. Er rief, dass ihm einer von uns die Laterne geben soll, was ich tat, nachdem Stubbins sie mir herüberreichte. Der Zweite hielt sie eine Armlänge von sich weg, sodass sie die Leeseite der Rah beleuchtete. Das Licht schien durch die Dunkelheit, so weit hin, wo Jacobs war, der so wild kämpfte. Hinter ihm war nichts deutlich auszumachen.

Es gab einen kurzen Moment der Verzögerung, während wir dem zweiten Maat die Laterne gereicht hatten. Nun bewegten sich Stubbins und ich vorsichtig nach außen, entlang des Fußseils. Wir gingen langsam, aber es war schon gut, dass wir überhaupt gingen, mit dem ganzen Wagemut, da die ganze Sache so furchtbar unheimlich war.

Es erscheint unmöglich, Ihnen die seltsame Szene auf dem Royalsegel wahrheitsgemäß wiederzugeben. Vielleicht sind Sie in der Lage, sich das selbst vorzustellen.

Der zweite Maat stand auf der Rah und hielt die Laterne. Sein Körper schwankte mit jedem Schlingern des Schiffes und sein Kopf war nach vorne ausgestreckt, als er die Rah entlang blickte. Zu unserer Linken war Jacobs, wütend, kämpfend, fluchend, betend, Luft schnappend, und um ihn herum waren Schatten und die Nacht.

Der zweite Maat sprach, ganz plötzlich: *Halt einen Moment inne!*

Dann schrie er: *Jacobs, hörst du mich?*

Es gab keine Antwort, nur Fluchen und das fortwährende Schnappen nach Luft.

Geht weiter!, sagte der zweite Maat zu uns. *Seid aber vorsichtig. Haltet euch gut fest!*

Er hielt die Laterne höher und wir gingen vorsichtig hinaus.

Stubbins hatte den Matrosenanwärter erreicht und legte die Hand auf seine Schulter mit einer besänftigenden Geste.

Nun beruhige dich, Jacobs, sagte er. *Beruhige dich.*

Durch diese Berührung, als wäre es Magie, beherrschte sich der junge Bursche. Stubbins reichte um ihn herum und ergriff die Segelhalterung auf der anderen Seite.

Fass ihn auf unserer Seite, Jessop, rief er aus. *Ich nehme ihn auf der anderen.* Das machte ich, und Stubbins kletterte um ihn herum.

Hier war niemand, rief mir Stubbins zu, aber seine Stimme zeigte keinen Ausdruck von Überraschung.

Was!, brüllte der zweite Maat aus. *Keiner da! Wo ist dann Svenson?*

Ich konnte die Antwort von Stubbins nicht hören, da es mir plötzlich so vorkam, dass ich etwas Schattenhaftes am äußeren Ende der Rah gesehen hatte, draußen bei der Winde.

Ich starrte hin und sah etwas, wie die Gestalt eines Mannes auf der Rah, der sich an der Winde festhielt und sich schnell aufrichtete. Es hing nun schräg über dem Kopf von Stubbins hinweg und hielt eine undeutliche Hand und einen Arm nach unten.

Pass auf, Stubbins!, rief ich, *pass auf!*

121

Was gibt es jetzt?, rief er mit erschreckter Stimme. Im gleichen Moment wirbelte seine Mütze auf die Leeseite weg. *Verdammt, der Wind!*, platze es aus ihm heraus.

Dann, plötzlich, fuhr Jacobs, der nur noch ein gelegentliches Stöhnen von sich gegeben hatte, damit fort, zu kreischen und zu kämpfen.

Halt ihn ganz fest!, schrie Stubbins. *Er wirft sich selbst von der Rah runter.*

Ich legte meinen Arm um den Körper des Matrosenanwärters und hielt mich dabei an der Segelbefestigung auf der anderen Seite fest. Dann schaute ich nach oben. Über uns schien ich etwas Dunkles und Verschwommenes zu sehen, das sich schnell entfernte.

Halt ihn gut fest, während ich eine Zeising hole, hörte ich den Maat rufen.

Einen Moment später gab es einen Schlag und das Licht verschwand. *Verdammt, ich setze die Segel in Brand!*, rief der zweite Maat aus.

Ich drehte mich etwas zur Seite und schaute in seine Richtung. Ich konnte ihn schemenhaft auf der Rah ausmachen. Er war offensichtlich gerade dabei gewesen, runter auf die Fußleine zu kommen, als die Laterne zerschmettert wurde.

Von ihm weg, sprang mein Blick auf die Takelage auf der Leeseite. Es schien mir so, dass ich ein schemenhaftes Ding ausgemacht hätte, das sich runter in die Dunkelheit wegschlich, konnte mir aber nicht sicher sein, und dann, in einem Atemzug, war es weg.

Irgendwas nicht in Ordnung, Sir, rief ich aus.

Ja, rief er zurück. *Ich habe die Laterne fallen lassen. Das verfluchte Segel hat sie mir aus der Hand geschlagen!*

Das wird uns nichts ausmachen, Sir, ich denke wir kommen auch ohne sie aus. Jacobs schien in der Zwischenzeit ruhiger geworden zu sein.

Nun, seid vorsichtig, wenn ihr runter kommt, warnte er uns.

Komm, Jacobs, sagte ich. *Komm, wir gehen runter aufs Deck.*

Geh los, junger Bursche, warf Stubbins ein. *Du bist jetzt in Ordnung, wir passen auf dich auf.*

Wir begannen damit, ihn an der Rah entlang zu führen. Er ging, bereitwillig genug, allerdings ohne ein Wort zu sagen. Er erschien uns wie ein Kind. Ein oder zwei Mal zitterte er, sagte aber nichts. Wir brachten ihn in die Takelage auf der Leeseite. Dann, indem einer an seiner Seite blieb und der andere unter ihm kletterte, bewegten wir uns sehr langsam weiter, in der Tat so langsam, dass der zweite Maat – der noch ungefähr eine Minute blieb, um die Zeising um die Leeseite des Segels zu schlingen, fast genauso schnell unten war, wie wir.

Nehmt Jacobs nach vorne zu seiner Kabine, sagte er und ging nach hinten. Dort stand eine Gruppe von Männern, einer mit einer Laterne, um die Tür einer leeren Kabine herum, unter dem Vorbau des Hecks auf der Steuerbordseite.

Wir eilten nach vorne zum Vorschiff. Dort fanden wir alles im Dunkeln.

Sie sind hinten bei Jock und Svenson! Stubbins hatte ein wenig gezögert, bevor er die Namen aussprach.

Richtig, sagte ich. *In der Tat ist es das, was es sein musste. Svenson muss heruntergefallen sein und sein Körper hatte Jock getroffen.*

Ich hatte es die ganze Zeit über geahnt, dass es sie erwischt hat, sagte er.

Ich trat herein durch die Tür und zündete ein Streichholz an. Stubbins folgte und führte Jacobs, der vor ihm lief, und zusammen brachten wir ihn in seine Koje. Wir legten Decken auf ihn, da er ziemlich zitterte. Dann gingen wir hinaus.

Während der ganzen Zeit hatte er kein Wort gesprochen. Als wir nach hinten gingen, bemerkte Stubbins, dass er denke, die Sachen hätten ihn wohl ein wenig verwirrt. *Es hat ihn völlig meschugge gemacht*, fuhr er fort. *Er versteht kein Wort davon, was man zu ihm sagt.*

Vielleicht ist er am Morgen wieder anders, antwortete ich.

Als wir uns dem Heck und der Gruppe der wartenden Männer näherten, sprach er wieder. *Sie haben sie hinter das leere Bett des Zweiten gebracht.*

Ja, sagte ich, *die armen Burschen!*

Wir erreichten die anderen Männer. Sie traten zur Seite und ermöglichten uns, nahe an die Tür zu kommen. Einige von ihnen fragten mit leiser Stimme, ob Jacobs in Ordnung war, und ich sagte ihnen *ja*, erwähnte aber nichts über seinen Zustand.

Ich ging näher heran und schaute in die Koje. Die Lampe war erleuchtet und ich konnte alles klar sehen. Es gab zwei Kojen an diesem Platz, und in jede von ihnen wurde ein Mann gelegt. Der Skipper war da und lehnte an einem Schott. Er sah besorgt aus, war aber still und schien seine eigenen Gedanken zu sortieren.

Der zweite Maat war damit beschäftigt, ein paar Flaggen über den Körpern auszubreiten. Der erste Maat sprach und sagte offensichtlich etwas zu ihm, aber seine Stimme war so leise, dass ich seine Worte nur schwer verstehen konnte. Es fiel mir auf, dass er sehr niedergeschlagen war. Ich bekam Teile seiner Sätze in Wortfetzen mit, wie sie kamen.

... gebrochen, hörte ich ihn sagen. *Und der Holländer ...*

Ich habe ihn gesehen, sagte der zweite Maat kurz.

Zwei hintereinander, bemerkte der Maat, *... drei in ...*

Der Zweite gab keine Antwort.

Natürlich, weißt du ... Unfall, fuhr der erste Maat fort.

War es das?, fragte der Zweite mit einer eigenartigen Stimme.

Ich sah, wie ihn der Maat anschaute, in einer zweifelnden Art und Weise, aber der Zweite bedeckte das tote Gesicht des armen, alten Jock und schien diesen Blick nicht zu bemerken.

Es – es, sagte der Maat, und hielt inne.

Nach einem Moment des Zögerns sagte er noch etwas, das ich nicht erhaschen konnte, aber es schien so, als habe er eine große Beklemmung in seiner Stimme. Der zweite Maat hatte ihn wohl nicht gehört, jedenfalls gab er keine Antwort, sondern beugte sich vor und richtete eine Ecke der Flagge aus, über der starren Gestalt in der unteren Koje. Da war eine gewisse Nettigkeit in seinem Handeln, die ihn mir sympathisch erscheinen ließ.

Er ist gar nicht so schlecht, sagte ich zu mir.

Dann sprach ich laut: *Wir haben Jacobs in seine Koje gebracht, Sir.*

Der Maat zuckte zusammen, dann schleuderte er herum und starrte auf mich, als ob ich ein Geist wäre. Der zweite Maat drehte sich ebenfalls um, aber bevor er etwas sagen konnte, machte der Skipper einen Schritt auf mich zu. *Ist er in Ordnung?*, fragte er.

Nun, Sir, sagte ich. *Er ist ein wenig eigenartig, aber ich denke, dass es besser werden wird, nachdem er etwas Schlaf hatte.*

Das hoffe ich auch, antwortete er und begab sich raus aufs Deck und langsam in Richtung der Steuerbord-Heckleiter. Der Zweite ging und stand bei der Lampe.

Der Maat warf einen kurzen Blick auf ihn, kam dann heraus und folgte dem Skipper aufs Heck. Blitzartig entstand bei mir der Eindruck, dass der Mann auf ein Stück der Wahrheit gestolpert ist. Dieser Unfall, der so kurz nach dem anderen gekommen war – es war offensichtlich, dass er sie in seinen Gedanken miteinander verknüpfte, und erinnerte mich der Fragmente seiner Bemerkungen an den zweiten Maat.

Dann gab es da noch diese weniger gravierenden Ereignisse, die zu verschiedenen Zeiten aufgetaucht waren und über die er gespottet hatte. Ich fragte mich, ob er beginnen würde, deren Bedeutung zu verstehen – ihre scheußliche, finstere Bedeutung.

Ach, Herr Schinder-Maat!, sagte ich zu mir selbst. *Du hast eine schlechte Zeit vor dir, wenn du erst angefangen hast, zu verstehen.*

Abrupt sprangen meine Gedanken zu der unklaren Zukunft, die vor uns lag. *Gott helfe uns!*, murmelte ich.

Nachdem der zweite Maat sich umgeschaut hatte, drehte er den Docht der Lampe zurück, kam heraus und schloss die Tür hinter sich. *Nun, ihr Männer,* sagte er zu der Wache des Maats, *geht nach vorne, wir können hier nicht mehr tun. Ihr verschwindet jetzt besser, um etwas Schlaf zu bekommen.*

Aye, aye, Sir!, riefen sie im Chor.

Dann, als wir alle nach vorne gingen, fragte er, ob irgendjemand den Mann am Ausguck ersetzt hatte.

Nein, Sir!, antwortete Quoin.

Bist du dran?, fragte der Zweite.

Ja, Sir!, antwortete er.

Dann beeile dich und löse ihn ab, sagte der Zweite.

Aye, aye, Sir!, antwortete der Mann und ging nach vorne, mit dem Rest von uns.

Als wir uns aufmachten, fragte ich Plummer, wer am Steuerrad war. *Tom,* sagte er. Während er antwortete, fielen mehrere Regentropfen und ich schaute hoch zum Himmel. Er war dicht bewölkt geworden.

Es sieht so aus, als ob es auffrischen wird, sagte ich.

Ja, sagte er. *Wir werden in Kürze die Segel reffen müssen.*

Das wird eine Arbeit werden, wo alle Hände gebraucht werden, bemerkte ich.

Ja, sagte er wieder. *Es hat wohl keinen Zweck, nach innen zu gehen, wenn dem so ist.*

Der Mann, der die Laterne trug, ging ins Vorschiff, und wir folgten ihm.

Wo ist denn die Laterne, die auf eure Seite gehört?, fragte Plummer.

Die wurde oben zerschmettert, antwortete Stubbins.

Wie ist das passiert?, fragte Plummer.

Stubbins zögerte.

Der zweite Maat hat sie fallen lassen, antwortete ich. Das Segel hat sie getroffen, oder etwas anderes.

Die Männer aus der anderen Wache schienen nicht die Absicht zu haben, sich sofort hinzulegen. Sie saßen in ihren Kojen und drum herum auf den Truhen. Es gab ein allgemeines Anzünden von Pfeifen, inmitten dessen ein plötzliches Stöhnen aus einer der Kojen im vorderen Teil des Vorschiffs kam – ein Bereich, der immer ein wenig düster war und nun umso mehr, da wir nur noch eine Lampe hatten.

Wer ist das?, fragte einer der Männer, der zu der anderen Seite gehörte.

Schsst!, sagte Stubbins, *er ist es.*

Wer?, fragte Plummer. *Jacobs?*

Ja, sagte ich. *Armer Teufel!*

Was war passiert, als ihr da oben gewesen seid?, fragte der Mann auf der anderen Seite und zeigte mit einem Schlenker der Hand in Richtung des vorderen Royalsegels.

Bevor ich antworten konnte, sprang Stubbins von seiner Schiffstruhe auf:

Der zweite Maat hat gepfiffen!, sagte er. *Kommt*, und er rannte rauf aufs Deck.

Plummer und Jaskett kamen schnell hinterher.

Draußen hatte es kräftig zu regnen begonnen. Als wir gingen, kam die Stimme des zweiten Maats durch die Dunkelheit zu uns herüber. *Stellt euch zu den inneren und äußeren Zugseilen für das Royalsegel am Hauptmast*, hörte ich ihn schreien, und im nächsten Moment konnte man das hohle Knattern des Segels hören, als er begann, es einholen zu lassen.

Nach ein paar Minuten hatten wir es hochgezogen.

Rauf, und rollt es zusammen, zwei von euch!, rief er aus.

Ich ging zur Takelage auf der Steuerbordseite, dann hielt ich inne. Niemand sonst rührte sich von der Stelle.

Der zweite Maat kam zwischen uns. *Los, ihr Burschen*, sagte er, *bewegt euch, es muss gemacht werden!*

Ich gehe, rief ich, *wenn jemand mitkommt.*

Immer noch bewegte sich keiner und niemand antwortete.

Tammy kam zu mir herüber. *Ich komme!*, meldete er sich freiwillig mit nervöser Stimme.

Nein, bei Gott nein!, sagte der zweite Maat schroff. Er sprang selbst in die Haupttakelage. *Komm mit, Jessop!*, rief er.

Ich folgte ihm, war aber erstaunt. Ich hatte wirklich von ihm erwartet, dass er wie eine Tonne von Ziegeln über die anderen herfallen würde. Es ist mir noch nicht passiert, dass er Zugeständnisse gemacht hat. Zu diesem Zeitpunkt war ich einfach nur überrascht, aber später dämmerte es mir.

Kaum bin ich dem zweiten Maat gefolgt, kamen sofort Stubbins, Plummer und Jaskett im Eiltempo hinterher.

Auf halbem Weg, den Hauptmast hinauf, hielt der zweite Maat inne und schaute nach unten. *Wer kommt da hinter dir hoch, Jessop?*, fragte er.

Bevor ich etwas sagen konnte, antwortete Stubbins: *Ich bin es, Sir und Plummer und Jaskett.*

Wer zum Teufel hat euch gesagt, jetzt zu kommen? Geht schnurstracks nach unten, der ganze Haufen von euch!

Wir kommen hoch, um euch Gesellschaft zu leisten, Sir, war seine Antwort.

Danach war ich überzeugt, es würde ein Temperamentsausbruch vom Zweiten kommen, und doch, zum zweiten Mal, innerhalb von ein paar Minuten, lag ich falsch. Anstatt zu fluchen, ging er, nach einer kleinen Pause, weiter die Takelage hoch, ohne ein weiteres Wort, und der Rest der Männer folgte.

Wir erreichten das Royalsegel und machten kurzen Prozess mit ihm. In der Tat gab es da so viele von uns, dass wir es hätten aufessen können.

Als wir fertig waren, bemerkte ich, dass der zweite Maat auf der Rah blieb, bis wir alle wieder in der Takelage waren.

Offensichtlich hatte er sich entschlossen, das volle Risiko zu übernehmen, das vorhanden sein könnte; ich aber sorgte dafür, dass ich immer nahe bei ihm war, um so zur Stelle zu sein, wenn sich etwas ereignet hätte.

Wir erreichten aber wieder das Deck, ohne dass etwas passiert wäre. Ich sage, ohne dass etwas passiert wäre, aber dabei bin ich nicht völlig korrekt, denn, als der zweite Maat über die Saling herunterkam, gab er einen kurzen, abrupten Schrei von sich.

Irgendetwas nicht in Ordnung, Sir?, fragte ich.

Nei – n!, sagte er. *Nichts, ich habe mir nur mein Knie angeschlagen.*

Und dennoch glaube ich jetzt, dass er gelogen hatte, denn während der gleichen Wache, hatte ich Männer gehört, die genau solche Schreie von sich gegeben hatten, aber, weiß Gott, sie hatten Grund genug.

X. Hände, die zupackten

Unmittelbar, nachdem wir das Deck erreicht hatten, gab der zweite Maat den Befehl: *Besansegel am Kreuzmast, Geitau und Gording*!* [* äußere und innere Zugseile zum Raffen der Segel]. Er schritt voraus, auf dem Weg zum Heck, ging zu den Zugseilen und stand dort, um Einholen zu lassen.

Als ich rüber zum Steuerbord-Geitau lief, sah ich, dass der Alte an Deck war, und als ich das Seil ergriff, hörte ich, wie er dem zweiten Maat zurief: *Rufen Sie alle Männer, um die Segel einzuholen, Mr. Tulipson.*

Sehr wohl, Sir!, antwortete der zweite Maat. Dann erhob er seine Stimme: *Du, Jessop, geh nach vorne und rufe alle Männer, um die Segel zu reffen. Du rufst am besten auch beim Platz des Bootsmanns* hinein, während du gehst.* [* hier, der erste Maat gemeint]

Aye, aye, Sir!, rief ich aus und eilte davon.

Als ich ging, hörte ich, wie er Tammy nach unten beorderte, um den Maat zu holen.

Ich erreichte das Vorschiff, steckte meinen Kopf durch die Tür an der Steuerbordseite und sah, wie einige Männer dabei waren, sich hinzulegen.

Es wurde befohlen, dass alle Männer an Deck kommen sollen, um die Segel einzuholen, sagte ich. Dann ging ich hinein.

Genau, was ich gesagt habe, murrte einer der Männer.

Sie werden doch, verdammt noch mal, nicht daran denken, dass wir heute Nacht nach oben gehen, nachdem was passiert ist?, fragte ein anderer.

Wir waren oben beim Haupt-Royalsegel, antwortete ich. *Der zweite Maat ist mit uns gegangen.*

Was?, sagte einer der Männer, *der zweite Maat selbst?*

Ja, antwortete ich. *Die ganze verdammte Wachmannschaft ist hochgegangen.*

Und was ist passiert?, fragte er.

Nichts, sagte ich, *absolut nichts. Wir haben ein kleines Häppchen aus ihm gemacht und sind wieder runter gekommen.*

Trotzdem, bemerkte der zweite Mann. *Ich habe keine große Lust, nach oben zu gehen, nachdem was passiert ist.*

Nun, sagte ich, *das ist keine Sache von Lust. Wir müssen die Segel reffen oder es wird ein Chaos geben. Einer der Schiffsjungen sagte mir, dass das Wetterglas fällt.*

Kommt mit Jungs, wir müssen es tun!, bemerkte einer der älteren Männer, der sich in diesem Moment von seiner Truhe erhob. *Wie sieht's draußen aus, Kumpel?*

Es regnet, sagte ich. *Ihr werdet euer Ölzeug brauchen.*

Ich zögerte einen Moment, bevor ich wieder an Deck ging. Es schien mir so, dass ich ein schwaches Stöhnen gehört hätte. *Armer Bursche!,* sagte ich zu mir selbst.

Dann unterbrach der alte Kerl, der zuletzt gesprochen hatte, meine Aufmerksamkeit. *Es ist gut Kumpel*, sagte er etwas gereizt. *Du brauchst nicht zu warten, ich bin in einer Minute draußen.*

Das ist schon in Ordnung. Ich habe nicht an dich gedacht, antwortete ich und ging nach vorne zu Jacobs Koje.

Kurz zuvor hatte er ein paar Vorhänge aufgehängt, die er aus alten Säcken zusammengeschnitten hatte, um den Luftzug fernzuhalten. Die hatte jetzt jemand zugezogen, und ich musste sie zur Seite schieben, um ihn zu sehen. Er lag auf seinem Rücken und atmete in einer seltsamen, ruckartigen Weise. Ich konnte sein Gesicht im Halbdunkel nicht klar sehen, aber es erschien eher bleich.

Jacobs, sagte ich, *Jacobs, wie fühlst du dich jetzt?*, aber er zeigte keinerlei Reaktion, die mich hätte erkennen lassen, dass er mich gehört hatte. So zog ich nach ein paar Minuten die Vorhänge wieder zu und ging.

Wie geht es ihm?, fragte einer der Burschen, als ich zur Tür schritt.

Schlecht, sagte ich, *verdammt schlecht! Ich glaube, dass der Steward kommen sollte, um nach ihm zu sehen. Ich werde es beim Zweiten erwähnen, wenn ich die Gelegenheit dazu bekomme.*

Ich ging hinaus aufs Deck und rannte nach hinten, um den Männern beim Segel zu helfen. Als wir es hochgezogen hatten, begab ich mich nach vorne zum vorderen Bramsegel. Eine Minute später kam die andere Wachmannschaft nach draußen und war, zusammen mit dem Maat, am Bramsegel des Hauptmasts beschäftigt. Als dieses bereit war, festgemacht zu werden, hatten wir auch das vordere hochgezogen, sodass nun alle drei Bramsegel in den Seilen waren, bereit dazu, verstaut zu werden. Dann kam auch schon der Befehl: *Hoch, nach oben und zusammenrollen!*

Hoch mit euch, Burschen!, sagte der zweite Maat. *Seht zu, dass es diesmal keine Verzögerungen gibt.*

Weiter hinten beim Hauptmast, schienen die Männer, aus der Wachmannschaft des Maats, in einem Haufen um den Mast herumzustehen; es war aber zu dunkel, um klar sehen zu können. Ich hörte, wie der Maat anfing zu fluchen, dann kam ein Gemurmel, und er schwieg.

Seid bereit, Männer! Seid bereit!, rief der zweite Maat aus. Daraufhin sprang Stubbins in die Takelage.

Auf, kommt!, rief er. *Wir haben das verdammte Segel festgemacht und sind wieder runter auf dem Deck, bevor die angefangen haben.* Plummer folgte, dann Jaskett, ich und Quoin, den man vom Ausguck heruntergerufen hatte, um zu helfen.

So ist's recht, Burschen!, rief der Zweite, mit motivierender Stimme aus.

Dann rannte er nach hinten zur Gruppe des Maats. Ich hörte, wie er und der Maat mit den Männern sprachen, und augenblicklich, als wir über die Plattform des Fockmasts gingen, konnte ich erkennen, dass sie damit begannen, in die Takelage zu steigen.

Später fand ich heraus, dass es der zweite Maat war, der, sobald er die Männer vom Deck geschickt hatte, zusammen mit den vier Schiffsjungen hoch zum Bramsegel stieg.

Wir, für unseren Teil, gingen langsam nach oben und behielten eine Hand für uns und eine für das Schiff, wie sie sich vorstellen können. Auf diese Weise sind wir bis zur Saling gekommen, zumindest Stubbins, der zuerst dort war.

Ganz plötzlich stieß er einen Schrei aus, so, wie das vor Kurzem der zweite Maat getan hatte, nur dass sich Stubbins in diesem Fall herumdrehte und Plummer anbrüllte. *Verdammt, du hättest mich fast runter aufs Deck fliegen lassen,* schrie er. *Wenn du verflucht noch mal denkst, das wäre ein Scherz, versuche ihn bei jemand anderem...*

Das war ich nicht!, unterbrach Plummer. *Ich habe dich nicht berührt. Auf wen, zur Hölle, fluchst du?*

Auf dich –!, hörte ich ihn antworten, aber alles, was er vielleicht sonst noch gesagt hatte, ging in einem lauten Schrei von Plummer unter.

Was ist los, Plummer?, rief ich. *Um Himmels willen, ihr beiden fangt doch jetzt nicht an, hier oben zu kämpfen!* Aber ein lauter, ängstlicher Fluch war alles, was er als Antwort gab.

Dann, fast unmittelbar danach, begann er aus vollem Hals zu schreien, und in den Pausen zwischen den Schreien, vernahm ich die Stimme von Stubbins, der wild fluchte: *Sie kommen herunter, mit Karacho!,* schrie er hilflos. *Sie kommen herunter wie die Nüsse!*

Ich fasste Jaskett am Stiefel. *Was machen sie? Was machen sie?,* rief ich aus. *Kannst du es sehen?* Ich schüttelte sein Bein, als ich sprach. Aber als ich ihn ergriff, begann der alte Idiot – für den ich ihn in diesem Moment hielt – mit angsterfüllter Stimme zu schreien: *Oh! Oh! Hilfe! Hil –!*

Halt den Mund!, brüllte ich. *Halt den Mund, du alter Idiot! Wenn du nichts machst, lass mich wenigstens an dir vorbei.*

Aber er schrie nur noch mehr heraus, und dann, ganz plötzlich, erhaschte ich den Klang ängstlicher Laute von Männerstimmen, irgendwo von unterhalb, beim Haupt Untersegel – Flüche, Schreie der Angst, sogar Gekreische, und vor allem, dass jemand rief, sofort runter aufs Deck zu kommen.

Kommt runter! Kommt runter! Runter! Runter! Rumms – der Rest ging unter, in einem erneuten Ausbruch von heiserem Geschrei in der Nacht.

Ich wollte an dem alten Jaskett vorbei, aber er klammerte sich an die Takelage – streckte sich aus, wäre das bessere Wort das zu beschreiben, soweit ich das in der Dunkelheit erkennen konnte. Oberhalb von ihm schrien und fluchten Stubbins und Plummer immer noch, und die Wanten bebten und zitterten, als würden die beiden verzweifelt kämpfen.

Stubbins schien etwas Konkretes zu rufen, aber was es auch war, ich konnte es nicht aufschnappen. In meiner Hilflosigkeit wurde ich wütend und schüttelte und stupste Jaskett, damit er sich bewegt. *Verdammter Kerl, Jaskett!*, brüllte ich. *Verdammt bist du, du irrer alter Narr! Lass mich vorbei! Lass mich vorbei, wird's bald!*

Aber anstatt mich vorbeizulassen, sah ich, wie er begann, sich nach unten zu bewegen. In dem Moment packte ich ihn mit meiner rechten Hand an seinem Hosenbein, in der Nähe von seinem Hintern, und mit der anderen erfasste ich die hintere Wante, irgendwo oberhalb seiner Hüfte. Dadurch gelang es mir, mich einigermaßen auf dem Rücken des alten Burschen nach oben ziehen.

Dann konnte ich mit meiner rechten Hand die vordere Wante, über seine Schulter hinweg, fassen. Als ich einen festen Griff hatte, brachte ich meine linke Hand auf gleiche Höhe, und gleichzeitig gelang es mir, meinen Fuß auf die Verbindung einer Steigleine zu setzen und konnte mich dadurch weiter nach oben bewegen.

Dann hielt ich einen Moment inne und schaute nach oben. *Stubbins! Stubbins!*, rief ich. *Plummer! Plummer!*

Als ich rief, kam der Fuß von Plummer, der nach unten durch die Dunkelheit ragte, und landete genau in meinem nach oben schauendem Gesicht.

137

Ich ließ die Takelage mit der rechten Hand los, schlug wild auf sein Bein ein und fluchte auf ihn, wegen seiner Ungeschicklichkeit. Er zog seinen Fuß hoch, und im gleichen Moment kam von oben ein Ausspruch von Stubbins auf mich herunter, mit einer außergewöhnlichen Deutlichkeit: *Um Gottes willen, sag ihnen sie sollen alle runter aufs Deck gehen!*, schrie er.

Gerade als mich seine Worte erreichten, ergriff etwas aus der Dunkelheit heraus meine Hüfte. Mit meiner freien rechten Hand fasste ich verzweifelt nach der Takelage. Es war gut für mich, dass ich so schnell Halt gefunden hatte, da im gleichen Moment an mir gezogen wurde, mit einer brutalen Wildheit, die mich entsetzte. Ich sagte nichts, trat aber mit meinem linken Fuß in die Nacht hinein.

Es war seltsam, ich kann nicht mit Bestimmtheit sagen, dass ich etwas berührt habe. Ich war zu verschreckt, um sicher zu sein, und dennoch erschien es mir so, als ob mein Fuß etwas Weiches getroffen hätte, das unter dem Schlag wich. Es könnte nicht mehr als eine eingebildete Wahrnehmung gewesen sein. Ich bin jedoch geneigt, anders darüber zu denken, da augenblicklich der Griff um meine Hüfte losgelassen wurde.

Ich begann herunterzukraxeln und hielt mich ziemlich krampfhaft an den Wanten fest. Ich habe nur eine ungewisse Erinnerung an das, was folgte.

Ob ich über Jaskett hinweg glitt, oder ob er mir Platz gemacht hatte, kann ich nicht sagen. Ich weiß nur, dass ich das Deck erreichte, in einem unübersichtlichen Durcheinander von Angst und Aufregung, und das Nächste, an das ich mich erinnere, war, dass ich mich inmitten einer Menge von schreienden, halb verrückten Seeleuten befunden hatte.

XI. Die Suche nach Stubbins

Auf eine verwirrte Weise wurde mir bewusst, dass der Skipper, sowie der erste und zweite Maat, unten unter uns waren, um uns wieder etwas zu beruhigen. Anscheinend ist ihnen das gelungen, und wir wurden aufgefordert, nach hinten zur Salontür zu gehen, was wir gemeinsam machten. Dort servierte der Skipper persönlich jedem von uns eine ordentliche Menge Rum. Dann, auf seinen Befehl hin, rief der zweite Maat zum Appell.

Er rief zuerst die Wachmannschaft des Maats auf, und jeder antwortete. Dann kam er zu unserer, und er musste wohl sehr aufgewühlt gewesen sein, denn der erste Name, den er aufrief, war der von Jock.

Es folgte ein Moment der absoluten Stille zwischen uns. Ich bemerkte das Heulen und Stöhnen des Windes in der Höhe und das *Flap, Flap* der drei noch nicht festgemachten Bramsegel.

Der zweite Maat kam schnell zum nächsten Namen.

Jaskett, rief er aus.

Sir!, antwortete Jaskett.

Quoin.

Ja, Sir!.

Jessop.

Sir!, antwortete ich.

139

Stubbins…

Es kam keine Antwort.

Stubbins, rief der zweite Maat nochmals aus.

Wieder gab es keine Antwort.

Ist Stubbins hier? – irgendeiner von Euch! Die Stimme es zweiten Maats klang scharf und sorgenvoll.

Es gab einen Moment der Pause, dann sprach einer der Männer.

Er ist nicht hier, Sir!

Wer hat ihn zuletzt gesehen?, fragte der Zweite.

Plummer trat vor, in das Licht, das durch die Tür des Salons herausströmte. Er hatte weder einen Mantel an noch eine Mütze auf, und sein Hemd schien in Fetzen an ihm herumzuhängen.

Das war ich, Sir!, sagte er.

Der Alte, der neben dem zweiten Maat stand, ging auf ihn zu, blieb dann stehen und starrte; es war aber der zweite Maat, der sprach.

Wo?, sagte er.

Er war direkt über mir in der Saling, als, als – der Mann brach abrupt ab.

Ja! Ja!, antwortete der zweite Maat. Dann drehte er sich um zum Skipper. *Einer muss hochgehen, Sir, und nachsehen –* er zögerte.

Aber – sagte der Alte und hielt inne.

Der zweite Maat unterbrach ihn. *Ich gehe für einen hoch, Sir*, sagte er leise.

Dann kam er zurück zu unserem Haufen. *Tammy*, rief er aus, *hol zwei Lampen aus dem Lampenschrank.*

Aye, aye, Sir!, antwortete Tammy und rannte los.

Nun, sagte der zweite Maat, der uns ansprach. *Ich brauche zwei Männer, die mit hochspringen, um nach Stubbins zu suchen.*

Keiner der Männer antwortete. Ich wäre gerne vorgetreten und hätte mich angeboten, aber die Erinnerung an diesen furchterregenden Griff war in mir, und, bei meinem Leben, konnte ich den Mut dafür nicht aufbringen.

Kommt, kommt, Männer!, sagte er. *Wir können ihn nicht da oben lassen. Wir werden Laternen nehmen. Wer kommt jetzt mit?*

Ich ging nun doch nach vorne. Ich war in panischer Angst, aber aus einem Gefühl purer Schande konnte ich nicht länger hinten stehen bleiben. *Ich komme mit Ihnen, Sir*, sagte ich, nicht allzu laut, und fühlte mich ziemlich nervös.

Das klingt schon besser, Jessop, antwortete er in einem Tonfall, der mich froh machte, dass ich herausgetreten war.

In diesem Moment kam Tammy mit den Lichtern hoch. Er brachte sie dem Zweiten, der eine davon nahm und ihm sagte, er solle mir die andere geben.

Der zweite Maat hielt sein Licht über den Kopf und schaute herum auf die zögernden Männer. *Nun, Männer?*, rief er aus. *Ihr werdet doch Jessop und mich nicht alleine hochgehen lassen. Kommt mit, einer oder zwei von euch! Benehmt euch nicht wie ein verdammter Haufen von Feiglingen.*

Quoin trat vor und sprach für die Männer. *Ich wüsste nicht, dass wir uns wie Feiglinge benehmen, Sir, aber schauen Sie ihn an*, und zeigte auf Plummer, der immer noch im vollen Licht stand, das aus der Tür des Salons kam.

Was für ein Ding hat das angerichtet?, fuhr er fort. *Und dann fragen Sie uns, noch mal da hochzugehen? Es ist nicht sehr wahrscheinlich, dass wir in Eile sind.*

Der zweite Maat schaute auf Plummer, und in der Tat war der arme Bursche in einem Zustand, den ich vorher schon erwähnte; sein zerrissenes Hemd flatterte in dem Luftzug, der durch die Tür kam.

Der Zweite schaute immer noch, sagte aber nichts. Es schien so, dass ihn die Wahrnehmung von Plummers Zustand die Sprache verschlagen hatte.

Es war Plummer selbst, der schließlich das Schweigen brach.

Ich komme mit ihnen, Sir, sagte er. *Wir brauchen nur mehr Licht, als die beiden Laternen. Es hat keinen Zweck, wenn wir nicht erheblich mehr Licht haben.*

Der Mann hatte Schneid, und ich war erstaunt über sein Angebot zu gehen, nach all dem, was er durchgemacht haben musste.

Dennoch sollte mir ein noch größeres Erstaunen widerfahren. Der Skipper, der die ganze Zeit über kaum etwas gesprochen hatte, kam einen Schritt vor und legte die Hand auf die Schulter des zweiten Maats.

Ich komme mit Ihnen, Mr. Tulipson, sagte er.

Der zweite Maat drehte seinen Kopf herum und starrte ihn einen Moment an. Dann öffnete er seinen Mund.

Nein, Sir, ich denke nicht –, begann er.

Das reicht, Mr. Tulipson!, unterbrach ihn der Alte. *Ich habe mich entschieden.*

Er drehte sich zum ersten Maat hin, der dabei stand, ohne ein Wort zu sagen.

Mr. Grainge, sagte er. *Nehmen Sie ein paar Schiffsjungen mit und bringen Sie eine Schachtel mit blauen Leuchtkerzen und einige Fackeln.*

Der Maat antwortete irgendetwas und eilte weg in den Salon mit zwei Schiffsjungen aus seiner Wache.

Dann sprach der Alte zu der Mannschaft. *Nun, Männer*, begann er, *jetzt ist nicht der richtige Moment, um Zeit zu vertrödeln. Der zweite Maat und ich gehen hoch, und ich will, dass uns ein halbes Dutzend von euch begleitet und die Lichter tragen. Plummer und Jessop hier haben sich freiwillig gemeldet. Ich will noch mehr von euch. Tretet jetzt vor, einige von euch!*

Diesmal gab es keinerlei Zögern, und der erste Mann, der vortrat, war Quoin. Danach folgten drei aus der Gruppe des ersten Maats und dann der alte Jaskett.

Das reicht, das reicht!, sagte der Alte.

Er drehte sich hin zum zweiten Maat. *Ist Mr. Grainge schon mit diesen Lichtern gekommen?*, fragte er mit einer gewissen Gereiztheit.

Hier, Sir, sagte die Stimme des ersten Maats, die aus der Tür des Salons hinter ihm kam. Er hielt die Schachtel mit den blauen Leuchtkerzen in der Hand, und bei ihm waren die beiden Jungen, welche die Fackeln trugen.

Der Skipper nahm ihm die Schachtel mit einer schnellen Handbewegung ab und öffnete sie.

Nun, einer von euch Männern soll herkommen!, befahl er.

Einer der Männer aus der Wache des Maats rannte zu ihm. Der Skipper nahm mehrere Lichter aus der Schachtel und gab sie dem Mann.

Sieh her, sagte er. *Wenn wir hochgehen, gehst du auf die Plattform am Fockmast, und lass immer eines deiner Lichter brennen, hörst du?*

Ja, Sir!, antwortete der Mann.

Weißt du, wie man sie anzündet?, fragte der Skipper schroff.

Ja, Sir, antwortete er.

Der Skipper rief dem zweiten Maat zu: *Mr. Tulipson, wo ist der Junge von Ihnen – Tammy?*

Hier, Sir!, sagte Tammy und antwortete selbst.

Der Alte nahm ein weiteres Licht aus der Schachtel. *Hör zu, mein Junge!*, sagte er. *Nimm es und stell dich auf das vordere Deckhaus. Wenn wir nach oben gehen, musst du uns leuchten, bis der Mann, oben auf der Plattform, seines angemacht hat. Hast du verstanden?*

Ja, Sir!, antwortete Tammy und nahm das Licht.

Eine Minute noch, sagte der Alte und hielt inne, um ein zweites Licht aus der Box zu nehmen. *Dein erstes Licht könnte ausgehen, bevor wir bereit sind. Du hast besser ein zweites dabei, im Falle, dass das passiert.*

Tammy nahm das zweite Licht und ging davon.

Sind die Fackeln bereit, um angezündet zu werden, Mr. Grainge?, fragte der Kapitän.

Alles bereit, Sir!, antwortete der Maat.

Der Alte steckte eine der blauen Leuchtkerzen in seine Jackentasche und stand aufrecht da. *Sehr gut*, sagte er, *gib jedem der Männer eine der Fackeln und sieh zu, dass alle ihre Streichhölzer dabeihaben.*

Er sprach jetzt besonders zu den Männern: *Sobald wir bereit sind, gehen die anderen beiden Männer aus der Wachmannschaft des Maats hoch zu den Achterstagen und lassen ihre Fackeln brennen. Nehmt eure Paraffin-Dosen mit. Wenn wir das obere Toppsegel erreicht haben, werden Quoin und Jaskett raus auf die Arme der Rahen gehen und dort ihre Fackeln hinhalten.*

Passt auf und haltet eure Lichter von den Segeln weg, fuhr der Alte fort. *Plummer und Jessop kommen mit dem zweiten Maat und mir. Hat das jeder klar verstanden?*

Ja, Sir!, sagten die Männer im Chor.

Es schien so, dass der Skipper einen plötzlichen Einfall hatte. Er dreht sich um und ging durch die Tür in den Salon.

Nach etwas über einer Minute kam er zurück und gab etwas an den zweiten Maat, das im Licht der Laternen glänzte. Ich sah, dass es ein Revolver war. Er hatte noch einen zweiten, und ich beobachtete, wie er diesen in die Seitentasche steckte.

Der zweite Maat hielt die Pistole für eine Weile in der Hand und schaute ein wenig zweifelnd drein. *Ich denke nicht, Sir –,* begann er.

Der Skipper unterbrach ihn sofort. *Man weiß nie,* sagte er. *Stecken Sie ihn in ihre Tasche.*

Dann drehte er sich zum ersten Maat. *Sie übernehmen das Kommando auf dem Deck, Mr. Grainge, während wir da oben sind,* sagte er.

Aye, aye, Sir!, antwortete der Maat und rief einen seiner Schiffsjungen, um die Schachtel mit den restlichen blauen Leuchtkerzen in die Kabine zu bringen.

Der Alte drehte sich um, und leitete uns auf dem Weg nach vorne.

Als wir gingen, schien das Licht der beiden Laternen auf das Deck herunter und beleuchteten die herumliegenden Teile der Ausrüstung von den Bramsegeln.

Die Seile waren untereinander in Klumpen verworren. Das wurde wohl dadurch verursacht, denke ich, dass die Meute in ihrer Aufregung über sie hinweggetrampelt ist, als sie alle zurück aufs Deck gekommen waren.

Und dann, ganz plötzlich, als ob mich dieser Anblick aufgeweckt und zurück zu klarem Verstand gebracht hätte, wissen Sie, erinnerte ich mich wieder aufs Neue, wie verdammt seltsam die ganze Sache war…

Ich geriet ein wenig in Verzweiflung und fragte mich, wie wohl das Ende von all diesen scheußlichen Ereignissen aussehen würde. Können Sie das verstehen?

Dann hörte ich, weit vorne, den Skipper schreien. Er rief Tammy zu, mit seiner blauen Leuchtkerze auf das Deckshaus zu gehen.

Wir erreichten die vordere Takelage, und im gleichen Moment platzte die gespenstige Flamme von Tammys Leuchtkerze hinein in die Nacht und brachte alle Seile, Segel und Holme dazu, deutlich hervorzuspringen.

Ich konnte nun sehen, dass sich der zweite Maat mit seiner Laterne bereits in der Takelage auf der Steuerbordseite befand. Er rief Tammy zu, die Tropfen, die von seinem Licht herunterfielen, weg vom Stagsegel zu halten, das auf dem Haus verstaut war.

Dann hörte ich den Skipper rufen, irgendwo von der Backbordseite, dass wir uns beeilen sollten:

Beeilt euch jetzt ihr Männer, sagte er, *beeilt euch!*

Der Mann, dem gesagt wurde, dass er sich auf der Plattform am Fockmast platzieren sollte, war direkt hinter dem zweiten Maat. Plummer war einige Steigleinen tiefer.

Ich vernahm wieder die Stimme des Alten:

Wo ist Jessop mit der Laterne?, hörte ich ihn rufen.

Hier, Sir!, rief ich aus.

Bring sie auf diese Seite herüber, befahl er. *Wir brauchen nicht beide Laternen auf einer Seite.*

Ich rannte um die Vorderseite des Deckshauses. Dann sah ich ihn. Er war in der Takelage und machte seinen Weg schnell nach oben.

Einer aus der Wachmannschaft des Maats und Quoin waren bei ihm. Ich sah es, als ich um das Haus herum war. Dann machte ich einen Satz, ergriff die Haltestange und schwang mich hinauf auf die Reling. Und dann, ganz plötzlich, ging Tammys blaue Leuchtkerze aus, und es kam, als totaler Kontrast, eine pechschwarze Dunkelheit.

Ich blieb stehen, wo ich war – einen Fuß auf der Reling und mein Knie auf der Haltestange. Das Licht meiner Laterne schien nicht mehr als ein dürftiges, gelbes Glimmern gegen die Finsternis zu sein, und, höher oben, etwa vierzig oder fünfzig Fuß und ein paar Steigleinen unterhalb der Takelage des Auflangers auf der Steuerbordseite, erschien ein weiteres gelbliches Glühen in der Nacht. Abgesehen davon war alles um uns herum schwarz.

Und dann, von oben kommend – von ganz weit oben – kam ein seltsamer, schluchzender Schrei durch die Dunkelheit herunter. Was es war, wusste ich nicht, aber es klang fürchterlich.

Die Stimme des Skippers kam abgehackt herunter. *Mach schnell mit dem Licht, Junge!,* rief er, und der blaue Schein platzte wieder heraus, noch bevor er mit dem Sprechen fertig war.

Ich starrte hoch zum Skipper. Er stand da, wo ich ihn zuletzt gesehen hatte, bevor das Licht ausging, und so war es auch mit den beiden anderen Männern.

Während ich hinsah, fuhr er fort hochzuklettern. Ich schaute rüber nach Steuerbord. Jaskett und der andere Mann aus der Wache des Maats waren ungefähr in der Mitte zwischen dem Deck des Hauses und der Plattform auf dem Fockmast. Ihre Gesichter erschienen außergewöhnlich fahl in dem toten Schein der blauen Leuchtkerze.

Darüber sah ich den zweiten Maat in der Takelage des Auflangers, der sein Licht über die obere Kante hielt. Dann stieg er höher und verschwand. Die Männer mit den Leuchtkerzen folgten und entschwanden ebenfalls aus meinem Blick.

Auf der Backbordseite, direkt über mir, nahm der Skipper gerade seine Füße aus den Wanten. In diesem Moment beeilte ich mich, ihnen zu folgen.

Dann, plötzlich, als ich kurz unterhalb des Toppsegels war, kam von oben das scharfe Flackern eines blauen Lichts, und fast zur gleichen Zeit, ging das von Tammy aus.

Ich schaute runter auf die Decks. Sie waren erfüllt mit flackernden, grotesken Schatten, die von oben durch die tropfenden Lichter geworfen wurden. Eine Gruppe von Männern stand bei der Kombüsentür auf der Backbordseite – ihre Gesichter nach oben gerichtet, bleich und unwirklich, im Schimmer des Lichts.

Dann war ich in der Takelage des Auflangers und einen Moment später, stand ich oben neben dem Alten. Er rief den Männern zu, die raus auf den Achterstag gegangen waren. Es schien so, dass der Mann auf der Backbordseite sich ungeschickt anstellen würde, aber schließlich – fast eine Minute, nachdem der andere Mann sein Licht angezündet hatte – ging er weiter.

Während dieser Zeit hatte der Mann im Toppsegel seine zweite blaue Leuchtkerze angezündet und wir waren bereit, in die Takelage der Marsstenge* zu gehen. [* Teil des Mastes, der die Rahen für das Marssegel/Toppsegel trägt].

Zunächst aber lehnte sich der Skipper über die Hinterseite der Marsstenge und rief dem ersten Maat zu, dass er einen Mann mit einer Fackel rauf auf das Deck des Vorschiffs schicken sollte. Der erste Maat antwortete, und dann gingen wir weiter, unter der Führung des Alten.

Glücklicherweise hatte der Regen etwas nachgelassen, und der Wind hatte sich offensichtlich auch nicht verstärkt; wenn überhaupt, dann schien er sich eher abgeschwächt zu haben. Was dennoch davon da war, blies die Flammen der Fackeln zur Seite, in gelegentliche, sich windende Schlangen, die mindestens einen Meter lang waren.

Etwa den halben Weg hinauf zur Takelage der Marsstenge, rief der zweite Maat dem Skipper zu, um zu fragen, ob Plummer seine Fackel anzünden solle. Der Alte sagte ihm, er möge damit warten, bis wir die Saling erreicht hatten, da er dann von den Aufbauten weggehen konnte, dorthin, wo weniger Gefahr besteht, etwas in Brand zu setzten.

Wir näherten uns der Saling und der Alte hielt inne und rief mir zu, ihm die Laterne von Quoin zu reichen.

Ein paar Steigleinen weiter, blieben er, als auch der zweite Maat, gleichzeitig stehen. Sie hielten ihre Laternen so hoch wie möglich und starrten in die Dunkelheit.

Sehen Sie etwas von ihm, Mr. Tulipson, fragte der Alte.

Nein, Sir, antwortete der Zweite. *Keine Anzeichen.*

Er erhob seine Stimme. *Stubbins*, rief er aus. *Stubbins, bist du da?*

Wir lauschten, aber wir konnten nichts hören, außer dem stöhnenden Wehen des Windes und dem *Flapp, Flapp* des sich aufblähenden Bramsegels über uns.

Der zweite Maat kletterte über die Saling und Plummer folgte. Der Mann ging hinaus zum Achtersteg des Royalsegels und zündete seine Fackel an. Durch sein Licht konnten wir klar sehen, aber es gab keine Spur von Stubbins, soweit das Auge reichte.

Geht raus auf den Arm der Rah mit den Fackeln, ihr beiden Männer, rief der Skipper. *Beeilt euch! Haltet sie weg vom Segel!*

Die Männer stiegen auf die Fußseile – Quoin auf der Backbordseite und Jaskett auf der Steuerbordseite. Durch das Licht von Plummers Fackel konnte ich deutlich sehen, wie sie sich über die Rah verteilten. Es schien mir so, dass sie sich sehr behutsam bewegten – was nicht verwunderlich ist.

Und dann, als sie sich den Enden der Rah-Arme näherten, traten sie aus der Helligkeit des Lichts heraus, sodass ich sie nicht mehr deutlich erkennen konnte. Ein paar Sekunden vergingen, dann flatterte das Licht von Quoins Fackel heraus unter dem Wind. Es verging fast eine Minute, und es gab keine Anzeichen der Fackel von Jaskett.

Dann, aus dem Halbdunkel des Arms der Rah auf der Steuerbordseite, kam ein Fluch von Jaskett, unmittelbar gefolgt von dem Geräusch von etwas Vibrierenden.

Was ist los, rief der zweite Maat, *was ist los, Jaskett?*

Es ist das Fußseil, Sir-r-r! Er brachte das letzte Wort in einer Art Keuchen heraus.

Der zweite Maat beugte sich schnell vor mit seiner Laterne. Ich turnte um die Rückseite des Toppmasts herum und schaute.

Was ist los, Mr. Tulipson?, hörte ich den Alten ausrufen.

Draußen auf dem Arm der Rah begann Jaskett um Hilfe zu rufen, und dann, ganz plötzlich, im Schein der Laterne des zweiten Maats, sah ich, wie die Steuerbord-Fußleine des oberen Toppsegels heftig bewegt wurde – wild bewegt, ist vielleicht der bessere Ausdruck dafür.

Und dann, fast im gleichen Moment, verlagerte der zweite Maat seine Laterne von der rechten zur linken Hand. Er steckte die rechte in seine Tasche und brachte mit einem Ruck seine Pistole heraus.

Er streckte seine Hand und den Arm aus, als wolle er auf etwas, leicht unterhalb der Rah, zeigen. Dann spuckte ein schneller Blitz über die Schatten, unmittelbar gefolgt von einem scharfen, klingenden Knall. In gleichen Moment sah ich, wie das Fußseil nicht mehr geschüttelt wurde.

Zünde deine Fackel an! Zünde deine Fackel an, Jaskett!, rief der zweite Maat. *Mach schnell jetzt!*

Vom Ende der Rah kam das Anzündgeräusch eines Streichholzes und dann, direkt danach, kam ein großer Feuerstrahl, als die Fackel anging.

Das ist besser, Jaskett. Bist du jetzt OK?, rief ihm der zweite Maat zu.

Was war das, Mr. Tulipson, hörte ich den Skipper fragen.

Ich schaute nach oben und sah, dass er herübergesprungen war, dorthin, wo der zweite Maat stand. Dieser erklärte ihm etwas, aber er sprach nicht laut genug für mich, dass ich erfassen konnte, was er sagte.

Ich war betroffen von Jasketts Haltung, als ihn das Licht seiner Fackel zum Vorschein brachte. Er war zusammengekauert, mit seinem rechten Knie über die Rah gekrümmt und sein linkes Bein unterhalb dieser und dem Fußseil, während sein Ellbogen über die Rah gebogen war, um Halt zu finden, während er die Fackel anzündctc.

Nun jedoch hatte er beide Füße wieder auf das Fußseil gebracht und lag auf seinem Bauch über der Rah, und hielt die Fackel ein wenig oberhalb des Segels. Aus diesem Grund, weil dadurch das Licht auf der Vorderseite war, konnte ich ein kleines Loch sehen, etwas unterhalb des Fußseils, durch das ein Lichtstrahl schien. Es war unzweifelhaft das Loch, welches durch die Kugel aus dem Revolver des zweiten Maats ins Segel geschossen wurde.

Dann hörte ich, wie der Alte Jaskett zurief. *Sei vorsichtig mit der Fackel dort*, sagte er, *du wirst das Segel abbrennen!*

Er verließ den zweiten Maat wieder und kam zur Backbordseite des Masts.

Zu meiner Rechten schien die Fackel von Plummer langsam auszugehen. Ich schaute durch den Rauch hindurch zu seinem Gesicht. Er schenkte dem keine Beachtung, stattdessen starrte er über seinen Kopf hoch.

Gib etwas Paraffin drauf, Plummer, rief ich ihm zu, *sie wird gleich ausgehen!*

Er schaute schnell auf das Licht herunter und machte, was ich ihm vorgeschlagen hatte. Dann hielt er die Fackel in Armlänge hinaus und starrte wieder hinauf in die Dunkelheit.

Siehst du etwas?, fragte der Alte, der plötzlich seine Haltung bemerkte.

Plummer schaute ihn starr an. *Es ist das Royalsegel, Sir*, erklärte er. *Es ist alles lose.*

Was!, sagte der Alte. Er stand einige Steigleinen höher in der Takelage des Bramsegels und beugte seinen Körper nach außen, um eine bessere Sicht zu haben.

Mr. Tulipson!, rief er. *Wussten Sie, dass das Royalsegel lose ist?*

Nein, Sir, antwortete der zweite Maat. *Wenn es so ist, dann haben wir mehr von diesen Werken des Teufels.*

Es ist in der Tat lose, sagte der Skipper, und er und der Maat stiegen einige Steigleinen höher und blieben dabei auf gleicher Höhe.

Ich war mittlerweile über der Salig und genau unterhalb der Hacken des Alten.

Plötzlich rief er aus: *Da ist er! – Stubbins! Stubbins!*

Wo, Sir?, fragte der Zweite gespannt. *Ich kann ihn nicht sehen!*

Da! Da!, antwortete der Skipper und deutete.

Ich lehnte mich von der Takelage weg und schaute längs seines Rückens hoch, in die Richtung, in die sein Finger zeigte. Zuerst konnte ich nichts sehen, doch dann, langsam, wissen Sie, konnte ich immer deutlicher eine verschwommene Gestalt erkennen, die über der Mitte des Royalsegels kauerte und teilweise vom Mast verdeckt wurde.

Ich starrte, und nach und nach hatte ich den Eindruck, dass da zwei von ihnen waren und, weiter draußen auf der Rah, ein Klumpen, der alles sein konnte, da er nur verschwommen, inmitten der flatternden Leinwand zu erkennen war.

Stubbins!, rief der Skipper aus. *Stubbins, komm da raus! Hörst du mich?*

Aber niemand kam und auch keine Antwort.

Da sind zwei –, begann ich, aber er rief wieder: *Komm da raus! Hörst du mich, verdammt noch mal?*

Es kam immer noch keine Antwort.

Man soll mich hängen, wenn ich ihn sehen könnte, Sir!, rief der zweite Maat, von seiner Seite des Masts, aus.

Du kannst ihn nicht sehen?, sagte der Alte, nunmehr durch und durch ärgerlich. *Ich lass dich ihn gleich sehen!*

Er beugte sich runter zu mir mit seiner Laterne. *Halt sie fest, Jessop!*, sagte er und ich nahm sie ihm ab.

Dann zog er eine blaue Leuchtkerze aus seiner Tasche, und während er dies tat, sah ich den zweiten Maat, wie er, um die Rückseite des Masts herum, auf ihn schaute.

In dem ungewissen Licht muss er die Aktion des Skippers offensichtlich missverstanden haben, da er ganz plötzlich mit verängstigter Stimme ausrief: *Nicht schießen, Sir! Um Himmels willen, nicht schießen!*

Ich will nicht schießen!, rief der Alte aus. *Passt auf!*

Er zog die Kappe von der Leuchtkerze ab.

Da sind zwei von ihnen, Sir!, rief ich ihm wieder zu.

Was?, sagte er mit lauter Stimme, und im gleichen Moment rieb er das Ende des Lichts über die Kappe und es flammte auf.

Er hielt es hoch, sodass er das Royalsegel taghell erleuchtete, und sofort fielen zwei Schatten leise vom Royalsegel auf die Rah des Bramsegels. Im gleichen Moment, erhob sich das verknäulte Irgendetwas in der Mitte der Rah. Es rannte in den Mast, und ich verlor es aus den Augen.

Gott!, hörte ich den Skipper keuchen, und er fummelte in seiner Seitentasche herum.

Ich sah die beiden Gestalten, die auf das Bramsegel heruntergefallen waren, wie sie flugs die Rah entlangliefen – eine zur Steuerbord- und die andere zur Backbordseite der Rah.

Auf der anderen Seite des Masts knallte zweimal scharf die Pistole des zweiten Maats. Und dann, über meinem Kopf, feuerte der Skipper zwei Mal und dann wieder, aber mit welcher Wirkung, konnte ich nicht sagen.

Plötzlich, als er seinen letzten Schuss abfeuerte, nahm ich ein verschwommenes Irgendetwas wahr, dass auf dem Achterstag an der Steuerbordseite des Royalsegels herunterglitt. Es kam direkt auf Plummer herunter, der, völlig ohne von diesem Ding eine Ahnung zu haben, auf die Rah des Bramsegels starrte.

Pass auf, über dir, Plummer!, kreischte ich fast.

Was? Wo?, rief er. Er hielt sich fest und schwenkte aufgeregt seine Fackel.

Unten, auf der Rah des oberen Toppsegels, erhoben sich gleichzeitig die Stimmen von Quoin und Jaskett, und im selben Moment gingen die Fackeln aus. Dann rief Plummer, und sein Licht verschwand. Es waren jetzt noch zwei Laternen übrig, und die blaue Leuchtkerze, die der Skipper hielt, und auch diese war ein paar Sekunden später fertig und erlosch.

Der Skipper und der zweite Maat riefen den Männern auf der Rah zu, und ich hörte sie mit zitternden Stimmen antworten.

Draußen auf der Saling konnte ich mit dem Licht meiner Laterne sehen, dass sich Plummer wie betäubt an dem Achterstag festhielt.

Bist du in Ordnung, Plummer?, rief ich.

Ja, sagte er nach einer kurzen Pause, und dann, begann er zu fluchen.

Kommt rein von der Rah, ihr Männer!, rief der Skipper. *Kommt rein! Kommt rein!*

Unten auf dem Deck hörte ich jemanden rufen, konnte aber die Worte nicht verstehen. Über mir, mit der Pistole in der Hand, schaute sich der Skipper beunruhigt um.

Halt das Licht hoch, Jessop, sagte er, *ich kann nichts sehen!*

Unter uns kamen die Männer von der Rah in die Takelage.

Runter auf Deck mit euch!, befahl der Alte. *So schnell, wie ihr könnt!*

Komm runter da, Plummer!, rief der zweite Maat aus. *Komm runter mit den anderen.*

Runter mit dir, Jessop!, sagte der Skipper schnell. *Runter mit dir!*

Ich ging über die Saling und er folgte. Auf der anderen Seite war der Maat auf gleicher Höhe mit uns. Er hatte seine Laterne an Plummer gegeben und ich sah das Glitzern des Revolvers in seiner Hand.

In dieser Weise erreichten wir das Toppsegel. Der Mann, der dort mit den blauen Lichtern platziert wurde, war weg. Anschließend habe ich erfahren, dass er runter an Deck ging, nachdem sie alle erloschen waren.

Es gab kein Anzeichen von dem Mann mit der Fackel an dem Zugseil der Steuerbordseite. Er war auch, wie ich später erfuhr, an einem der Zugseile aufs Deck heruntergeglitten, nur einen kurzen Moment, bevor wir das Toppsegel erreichten. Er schwor, dass ein großer, schwarzer Schatten eines Mannes plötzlich von oben auf ihn zukam. Als ich das hörte, erinnerte ich mich an das Ding, dass ich auf Plummer herunterkommen sah.

Der Mann aber, der raus auf den Achterstag auf der Backbordseite gegangen war – derjenige, der sich so ungeschickt mit dem Anzünden seiner Fackel angestellt hatte – war noch da, wo wir ihn gelassen hatten. Sein Licht brannte noch, aber schwach.

Komm du da raus!, rief der Alte aus. *Schnell jetzt, und geh runter aufs Deck!*

Aye, aye, Sir!, antwortete der Mann und begab sich auf seinen Weg nach unten.

Der Skipper wartete, bis er in der Haupttakelage war, und dann sagte er mir, vom Toppsegel herunter zu kommen.

Ich war gerade dabei zu folgen, als es, ganz plötzlich, einen lauten Aufschrei an Deck gab, gefolgt von dem Klang eines kreischenden Mannes.

Geh mir aus dem Weg, Jessop!, brüllte der Skipper und schwang sich neben mir herunter.

Ich hörte den zweiten Maat, wie er etwas aus der Takelage auf der Steuerbordseite rief. Dann rasten wir alle nach unten, so schnell wir konnten. Ich bekam einen flüchtigen Blick auf einen Mann, der von der Tür auf der Backbordseite des Vorschiffs angerannt kam. In weniger als einer halben Minute waren wir alle auf dem Deck und inmitten der Meute von Männern, die sich um etwas herumgruppiert hatten. Aber seltsamerweise schauten sie nicht auf das Ding zwischen ihnen, sondern auf etwas weit hinten in der Dunkelheit.

Es ist auf der Reling!, schrien mehrere Stimmen.

Über Bord!, rief irgendjemand mit aufgeregter Stimme. *Es ist über die Seite gesprungen!*

Da war nichts!, sagte ein Mann in der Menge.

Ruhe!, schrie der Alte. *Wo ist der Maat? Was ist passiert?*

Hier, Sir!, rief der erste Maat, mit zittriger Stimme, etwa aus der Mitte der Gruppe. *Es ist Jacobs, Sir. Er – er*

Was?, sagte der Skipper. *Was?*

Er – er ist – er ist – tot, denke ich!, sagte der erste Maat in abgehackten Worten.

Lass mich sehen, sagte der Alte in einem ruhigen Ton.

Die Männer gingen auf die Seite, um ihm Platz zu machen, und er kniete neben dem Mann auf dem Deck.

Gib die Laterne her, Jessop, sagte er.

Ich stellte mich zu ihm und hielt das Licht. Der Mann lag mit dem Gesicht nach unten auf dem Deck. Unter dem Licht der Laterne drehte ihn der Skipper herum und sah ihn sich an.

Ja, sagte er nach einer kurzen Untersuchung. *Er ist tot.*

Er stand auf und betrachtete den Körper für einen Moment in Schweigen. Dann drehte er sich zum zweiten Maat, der während der letzten paar Minuten danebenstand.

Drei, sagte er mit einem grimmigen Unterton.

Der zweite Maat nickte und räusperte sich. Er schien gerade dabei zu sein etwas zu sagen, dann drehte er sich um, schaute auf Jacobs und blieb still.

Drei, sagte der Alte, *seit dem achten Glockenschlag.* Er bückte sich und schaute wieder auf Jacobs. *Armer Teufel, armer Teufel!*, murmelte er.

Der zweite Maat prustete einiges von seiner Heiserkeit aus seiner Kehle und sprach. *Wo sollen wir ihn hinbringen?*, fragte er leise. Die beiden Kojen sind voll.

Sie müssen ihn auf das Deck bei den unteren Kojen legen, antwortete der Skipper.

Als sie ihn wegtrugen, hörte ich, wie der Alte einen Laut von sich gab, der fast wie ein Stöhnen klang. Der Rest der Männer war nach vorne gegangen, und ich glaube, er hat nicht wahrgenommen, dass ich bei ihm stand.

Mein Gott! Oh, mein Gott!, murmelte er und begann langsam nach hinten zu gehen. Er hatte Grund genug gehabt zu stöhnen.

Es gab drei Tote und Stubbins war spurlos verschwunden. Wir haben ihn nie wieder gesehen.

XII. Die Versammlung

Ein paar Minuten später kam der zweite Maat wieder nach vorne. Ich stand immer noch in der Nähe der Takelage und hielt die Laterne recht planlos vor mich hin.

Bist du das, Plummer?, fragte er.

Nein, Sir, sagte ich. *Ich bin's, Jessop.*

Wo ist dann Plummer?, fragte er.

Ich weiß nicht, Sir, antwortete ich ihm. *Ich denke, er ist nach vorne gegangen. Soll ich gehen und ihm sagen, dass Sie ihn sehen wollen?*

Nein, das ist nicht nötig, sagte er. *Binde deine Lampe an der Takelage fest – dort an dem Holm. Dann geh und hole seine und bring sie an der Steuerbordseite an. Danach begibst du dich am besten nach hinten und hilfst den beiden Schiffsjungen am Lampenschrank.*

Aye, aye, Sir!, antwortete ich und machte mich daran, das zu tun, was er mir aufgetragen hatte. Nachdem ich das Licht von Plummer geholt hatte, befestigte ich es an der Steuerbordseite und eilte dann nach hinten. Ich fand Tammy und den anderen Schiffsjungen aus unserer Wache am Lampenschrank, eifrig damit beschäftigt, Laternen anzuzünden.

Was machen wir?, fragte ich.

Der Alte hat Anweisung gegeben, alle Ersatzlampen, die wir finden können, an der Takelage aufzuhängen, damit die Decks beleuchtet sind, sagte Tammy. *Es ist ein verdammt guter Job, den wir da machen!*

159

Er gab mir ein paar der Lampen und nahm selbst zwei davon.

Komm!, sagte er und ging raus aufs Deck. Wir befestigten diese an der Haupttakelage, und dann will ich mit dir sprechen.

Was ist mit dem Kreuzmast?, fragte ich.

Oh, antwortete er. *Der andere Schiffsjunge wird sich darum kümmern. Es wird sowieso gleich hell sein, wie am Tag.*

Wir befestigten die Laternen – zwei auf jeder Seite. Dann kam er zu mir herüber.

Schau, Jessop, sagte er ohne irgendwelches Zögern. *Du musst dem Skipper und dem zweiten Maat alles berichten, was du über diese Sache weißt.*

Was meinst du damit?, fragte ich.

Was? Dass es irgendwas mit dem Schiff selbst zu tun hat, was das alles verursacht, antwortete er. *Wenn du es nur dem zweiten Maat erklärt hättest, als ich es dir gesagt habe, wäre das eventuell nicht passiert.*

Ich weiß nicht, sagte ich. *Ich kann mich völlig irren. Es ist nur eine Idee von mir. Ich habe keine Beweise…*

Beweise!, unterbrach er mich. *Beweise! Was war denn heute Nacht? Wir hatten alle Beweise, die ich je wollte.*

Ich zögerte, bevor ich ihm antwortete. *Was das angeht, habe ich die auch*, sagte ich schließlich. *Was ich meine, ist, dass ich nichts habe, was der Skipper oder der zweite Maat, als Beweise akzeptieren würden. Sie würden mir niemals ernsthaft zuhören.*

Die hören schnell genug zu, antwortete er. *Nachdem, was auf dieser Wache passiert ist, hören sie allem zu. Abgesehen davon ist es deine Pflicht, Ihnen das zu erzählen.*

Was können sie überhaupt machen?, sagte ich niedergeschlagen. *Wie sich die Dinge entwickeln, in diesem Tempo, sind wir alle tot, bevor eine noch Woche rum ist.*

Du sagst es ihnen, antwortete er. *Das ist das, was du machen musst. Wenn du sie nur dazu bringst zu erkennen, dass du recht hast, werden sie das Schiff gerne in den nächsten Hafen bringen und alle an Land schicken.*

Ich schüttelte meinen Kopf.

Nun, trotzdem müssen sie etwas unternehmen, antwortete er als Reaktion auf meine Geste. *Wir kommen nicht um das Horn* herum, aufgrund der Anzahl der Männer, die wir bereits verloren haben. Es gibt nicht mehr genug von uns, die das Schiff beherrschen können, wenn wir in einen Sturm geraten.*

[* Kap Horn, unten an der Südspitze Südamerikas]

Du hast etwas vergessen, Tammy, sagte ich. *Selbst wenn ich den Alten dazu bringe, zu glauben, dass ich die Wahrheit in der ganzen Sache erkannt habe, könnte er nichts tun. Verstehst du nicht, wenn ich im Recht bin, könnten wir noch nicht einmal Land sehen. Wir sind blinde Männer…*

Was in aller Welt meinst du?, unterbrach er. *Wie kommst du darauf, dass wir blinde Männer sind? Natürlich können wir das Land sehen…*

Warte mal! Warte mal!, sagte ich. *Du verstehst nicht? Habe ich es dir nicht erklärt?*

Was erklärt?, fragte er.

Das mit dem Schiff, das ich entdeckt habe, sagte ich. *Ich dachte, du weißt das?*

Nein, sagte er. *Wann?*

Wie?, sagte ich. *Du erinnerst dich nicht mehr daran, wie mich der Alte vom Steuerrad weggeschickt hat?*

Ja, sagte er. *Du meinst die Morgenwache von vorgestern.*

Ja, sagte ich. *Nun, weißt du nicht, was da los war?*

Nein, antwortete er. *Das heißt, ich hörte, dass du am Steuerrad gedöst hast, und der Alte kam hoch und hat dich erwischt.*

Das ist alles verdammter Quatsch, sagte ich. Und dann erzählte ich ihm die ganze Wahrheit in dieser Angelegenheit.

Nachdem ich das getan hatte, erklärte ich ihm meine Gedanken, die ich dazu habe.

Nun, siehst du, was ich meine?, fragte ich.

Du meinst also, dass uns diese seltsame Atmosphäre – oder was auch immer es ist – in der wir drin sind, nicht erlaubt, das andere Schiff zu sehen?, fragte er, ein wenig ehrfürchtig.

Ja, sagte ich. *Aber der Punkt, den ich dir begreiflich machen wollte, ist der, dass wir kein anderes Schiff sehen können, sogar wenn es recht nahe bei uns ist. Und dann, auf die gleiche Weise, sollten wir nicht in der Lage sein, Land zu sehen. Wir sind in jeder Hinsicht blind. Denk nur darüber nach! Wir sind in der Mitte des salzigen Meers und machen eine unendliche Reise eines blinden Mannes. Der Alte könnte uns in keinen Hafen bringen, selbst wenn er wollte. Er lässt uns am Ufer stranden, ohne es jemals zu sehen.*

Was sollen wir dann machen?, fragte er verzweifelt. *Willst du damit sagen, dass wir überhaupt nichts machen können? Sicher kann etwas getan werden! Es ist fürchterlich!*

Für vielleicht eine Minute gingen wir auf und ab im Licht der verschiedenen Laternen.

Dann sprach er wieder: *Wir könnten auch gerammt werden*, sagte er, *und das andere Schiff dabei nie zu Gesicht bekommen?*

Das ist möglich, sagte ich. *Allerdings, von dem was ich gesehen habe, ist es offensichtlich, dass wir selbst gut zu erkennen sind; somit ist es leicht für sie, uns zu sehen und von und wegzusteuern, auch wenn wir sie nicht sehen.*

Und wir könnten in es hineinfahren und dabei nicht sehen?, fragte er und folgte damit meinen Gedankengängen.

Ja, sagte ich. *Aber nur, wenn es etwas gibt, was das andere Schiff daran hindert, uns aus dem Weg zu gehen.*

Aber wenn es kein Schiff wäre?, beharrte er. *Es könnte ein Eisberg sein oder ein Felsen oder sogar ein treibendes Wrack.*

In diesem Fall, sagte ich, und formulierte das natürlich ein wenig flapsig, *werden wir das Ding wahrscheinlich beschädigen.*

Darauf antwortete er nicht, und für einige Momente waren wir still. Dann sprach er auf einmal, so, als wäre ihm eine Idee gekommen. *Diese Lichter in der Nacht*, sagte er, *waren das Schiffslichter?*

Ja, antwortete ich. *Warum?*

Warum?, antwortete er. *Siehst du denn nicht, wenn sie echte Lichter waren, dann KONNTEN wir das Schiff sehen!*

Nun, ich denke, ich sollte das wissen, antwortete ich. *Du scheinst zu vergessen, dass mich der zweite Maat aus dem Ausguck herausgejagt hat, weil ich gewagt habe, genau das zu behaupten.*

Das meine ich nicht, sagte er. *Siehst du denn nicht, wenn wir sie überhaupt sehen konnten, zeigt es doch, dass da dieses Atmosphären-Ding da nicht um uns war.*

Nicht unbedingt, antwortete ich. *Es hätte lediglich ein Riss in ihm sein können, obwohl ich mich natürlich komplett irren könnte. Aber, trotzdem, dass die Lichter verschwunden sind, fast gleichzeitig, wie sie aufgetaucht waren, zeigt doch, dass es ziemlich dicht um unser Schiff herum war.*

Das brachte ihn dazu, ein wenig wie ich zu empfinden, und als er weitersprach, hatte er offensichtlich seine Zuversicht verloren.

Dann denkst du, dass es keinen Sinn macht, dem zweiten Maat und dem Skipper etwas zu sagen?, fragte er.

Ich weiß nicht, antwortete ich. *Ich habe darüber nachgedacht, und es könnte nicht schaden. Ich habe eher große Lust dazu.*

Ich würde es an deiner Stelle machen, sagte er. *Du brauchst nun keine Angst mehr zu haben, dass jemand über dich lacht. Es könnte Gutes bewirken. Du hast mehr gesehen, als irgendjemand anders.*

Er hörte auf herumzulaufen und schaute sich um.

Warte eine Minute, sagte er und rannte ein paar Schritte nach hinten. Ich sah, wie er hoch auf den Vorbau des Hecks schaute, dann kam er zurück.

Komm jetzt mit, sagte er. *Der Alte ist auf dem Heck und spricht mit dem zweiten Maat. Du bekommst nie eine bessere Gelegenheit.*

Ich zögerte noch, aber er packte mich beim Ärmel und zog mich fast zur Leiter.

Schon gut, sagte ich, als ich dort war. *Schon gut, ich komme. Ich bin mir nur nicht so sicher, ob ich weiß was ich sagen soll, wenn ich da bin.*

Sag ihnen nur, dass du sie sprechen willst, sagte er. *Sie werden dich fragen, was du willst, und dann spuck alles aus, was du weißt. Sie werden es schon interessant genug finden.*

Du kommst besser mit, schlug ich vor. *Du bist in der Lage mich bei einer Reihe von Dingen zu unterstützen.*

Ich komme schnell genug hinterher, antwortete er. *Geh du nach oben.*

Ich ging die Leiter hoch und lief rüber, dorthin, wo der Skipper und der zweite Maat an der Reling standen und ernst miteinander sprachen. Tammy blieb hinter mir.

Als ich näher an sie herankam, erfasste ich zwei oder drei Worte, maß diesen aber keine Bedeutung bei. Sie waren etwa wie … *schicke nach ihm.*

Dann drehten sich die beiden um, schauten mich an, und der zweite Maat fragte, was ich wolle.

Ich möchte mit Ihnen sprechen und dem Alt … äh Kapitän, Sir, antwortete ich.

Worum geht es, Jessop?, fragte der Skipper.

Ich weiß kaum, wie ich es ausdrücken soll, Sir, sagte ich. *Es ist – es ist wegen dieser – dieser Dinge.*

Welche Dinge? Sprich dich aus, Mann, sagte er.

Nun, Sir, brach es aus mir heraus. *Da gibt es ein schreckliches Ding oder schreckliche Dinge, die an Bord unseres Schiffes gekommen sind, während wir den Hafen verlassen haben.*

Ich sah, wie er den Maat kurz anschaute und dieser zurückblickte.

Dann antwortete der Skipper. *Wie meinst du das, an Bord gekommen?,* fragte er.

Aus dem Meer, Sir, sagte ich. *Ich habe sie gesehen und so auch Tammy hier.*

Ah!, rief er aus, und sein Gesichtsausdruck schien mir so, als würde er das alles etwas besser verstehen. *Aus dem Meer!*

Er schaute wieder zum zweiten Maat, aber der Zweite starrte mich an.

Ja, Sir, sagte ich. *Es ist das Schiff. Es ist nicht sicher. Ich habe aufgepasst. Ich denke, dass ich ein wenig verstehe, aber vieles auch nicht.*

Ich hielt inne. Der Skipper hatte sich zum zweiten Maat gedreht. Der Zweite nickte schwer. Dann hörte ich ihn murmeln, mit leiser Stimme. Der Alte antwortete und drehte sich wieder zu mir.

Schau her, Jessop, sagte er. *Ich will mit dir geradeheraus sprechen. Ich denke von dir, dass du eine Stufe über dem gewöhnlichen Veteranen stehst, und ich glaube, du bist klug genug, den Mund zu halten.*

Ich habe meine Zulassung als Maat, gab ich kurzerhand zurück.

Hinter mir hörte ich Tammy, der scheinbar darauf reagierte. Er hatte bis jetzt nichts davon gewusst.

Der Skipper nickte. *So weit, so gut,* antwortete er. *Ich werde mit dir möglicherweise darüber sprechen, später.*

Er machte eine Pause, und der zweite Maat sagte etwas in leisem Ton zu ihm.

Ja, sagte er, jedoch als Antwort auf das, was ihm der Zweite gesagt hatte. Dann sprach er wieder mit mir.

Du sagtest, du hast Dinge gesehen, die aus dem Meer gekommen sind?, fragte er. *Nun erzähl mir alles, an das du dich erinnern kannst, von Anfang an.*

Ich tat dies und erzählte alles in alles Einzelheiten, beginnend mit der seltsamen Gestalt, die aus dem Meer kam, und fuhr fort mit meiner Geschichte, bis zu den Ereignissen, die während dieser speziellen Woche passiert sind.

Ich hielt mich strikt an solide Fakten, und von Zeit zu Zeit schauten er und der zweite Maat sich an und nickten. Am Schluss drehte der Zweite sich mit einer abrupten Geste zu mir.

Du behauptest also weiter, dass du an diesem Morgen ein Schiff gesehen hast, als ich dich vom Steuerrad weggeschickt hatte?, fragte er.

Ja, Sir, sagte ich, *das habe ich mit Sicherheit getan!*

Aber du weißt, dass da keines war, sagte er.

Doch, Sir, sagte ich in einem entschuldigenden Ton. *Da war eins, und wenn Sie mich lassen, glaube ich, dass ich das ein wenig erklären kann.*

Gut, sagte er, *mach weiter!*

Da ich nun wusste, dass er gewillt war, mir in ernsthafter Weise zuzuhören, war all meine Angst verflogen, die Dinge zu erzählen. Ich fuhr fort und erklärte ihm meine Gedanken zum Nebel und dem Ding, das er hereingebracht hatte.

Ich endete damit, ihm zu sagen, dass Tammy so lange auf mich eingewirkt hatte, bis ich hingehe, um alles zu erzählen, was ich wusste. *Er dachte, Sir*, fuhr ich fort, *dass sie vielleicht vorhaben könnten, das Schiff in den nächsten Hafen zu bringen, aber ich sagte ihm, dass ich nicht denke, sie könnten dies tun, selbst wenn sie es wollten.*

Wieso das denn?, fragte er, zutiefst interessiert.

Nun Sir, antwortete ich, *wen wir nicht in der Lage sind, andere Schiffe zu sehen, sollten wir auch nicht fähig sein, Land zu sehen. Sie fahren das Schiff zu Schrott, ohne jemals zu wissen, wohin Sie es gesteuert haben.*

Diese Ansicht der Dinge traf den Alten in außergewöhnlicher Weise und, so dachte ich, auch den zweiten Maat.

Für eine Weile sprach keiner. Dann brach es aus dem Skipper heraus:

Bei Gott!, Jessop, sagte er. *Wenn du recht hast, dann möge der Herr Mitleid mit uns haben.*

Er dachte für ein paar Sekunden nach. Dann sprach er wieder und ich sah, dass er ziemlich durcheinander war.

Mein Gott! ... wenn du recht hast!

Der zweite Maat sprach. *Die Männer dürfen das nicht wissen, Sir*, warnte er, *es gibt ein Chaos, wenn Sie es tun!*

Ja, sagte der Alte.

Er sprach mich an. *Merke dir, Jessop*, sagte er. *Was auch immer du machst, erzähl diese Geschichte nicht im Vorschiff.*

Nein, Sir, antwortete ich.

Und du, Junge, sagte der Skipper, *hüte deine Zunge. Wir sind schon in einem elenden Chaos, ohne dass du es schlimmer machst. Hast du mich verstanden?*

Ja, Sir!, antwortete Tammy.

Der Alte wandte sich wieder mir zu. *Diese Dinger oder Kreaturen, von denen du gesprochen hast, kamen aus dem Meer*, sagte er. *Du hast sie nie gesehen, außer in der Nacht?*, fragte er.

Nein, Sir, antwortete ich, *niemals.*

Er drehte sich zum zweiten Maat. *Soweit ich mir das zusammenreimen kann, Mr. Tulipson*, bemerkte er, *besteht die Gefahr nur nachts.*

Es war immer nur nachts, Sir, antwortete der Zweite.

Der Alte nickte.

Haben Sie etwas vorzuschlagen, Mr. Tulipson?, fragte er.

Nun Sir, ich denke, Sie müssen die Segel jede Nacht reffen, bevor es dunkel wird.

Er sprach mit beachtlichem Nachdruck. Dann schaute er nach oben und drehte seinen Kopf in Richtung der ausgerollten Bramsegel.

Es ist eine verdammt gute Sache, Sir, sagte er, *dass kein stärkerer Wind gekommen ist.*

Der Alte nickte wieder.

Ja, bemerkte er. *Wir werden es machen müssen, aber Gott weiß, wann wir heimkommen.*

Besser später, als überhaupt nicht, hörte ich den Zweiten zwischen seinen Atemzügen murmeln.

Dann, mit lauter Stimme, sagte er: *und die Lichter, Sir?*

Ja, sagte der Alte. *Ich werde Lampen in die Takelage bringen lassen, jede Nacht, nach Einbruch der Dunkelheit.*

Sehr gut, Sir, pflichtete der Zweite bei. Dann drehte er sich zu uns.

Es wird Tag, Jessop, bemerkte er mit einem Blick zum Himmel. *Du nimmst Tammy besser mit und bringst diese Lampen wieder zurück in den Schrank.*

Aye, aye, Sir!, sagte ich und ging mit Tammy vom Heck herunter.

XIII. Der Schatten im Meer

Als der achte Glockenschlag erklang, um vier Uhr, und als die andere Wachmannschaft an Deck kam, um uns abzulösen, war es schon für einige Zeit taghell gewesen.

Bevor wir nach unten gingen, ließ der zweite Maat drei Bramsegel setzen. Und nun, da es hell war, waren wir ziemlich neugierig darauf, nach oben zu sehen, besonders zum Vorsegel.

Tom, der oben war, um die Aufbauten zu kontrollieren, wurde ziemlich ausgefragt, als er herunterkam. Ob es da oben irgendwelche Anzeichen von komischen Dingen gab, wollten wir wissen. Es sagte uns aber, dass da nichts Ungewöhnliches war.

Um 8 Uhr, als wir für die 8 bis 12 Uhr Wache herauskamen, sah ich den Segelmacher aus der alten Koje des zweiten Maats nach vorne aufs Deck kommen. Er hatte seinen Maßstab in der Hand, und ich wusste, er hatte die armen Teufel da drin für ein Begräbnisgewand gemessen. Von der Frühstückszeit an, bis fast zum Mittag, arbeitete er und nähte drei Leinwandhüllen aus altem Segeltuch.

Dann, mit der Hilfe des zweiten Maats und einem von der Mannschaft, brachte er die drei toten Kerle heraus auf die hintere Luke. Dort wurden sie eingenäht, mit ein paar Brocken Sandsteinen* zu ihren Füßen. [* werden auf dem Schiff als Scheuersteine zur Deckreinigung benutzt].

Er war gerade fertig geworden, als der achte Glockenschlag ertönte. Ich hörte den Alten, wie er dem zweiten Maat sagte, alle von der Mannschaft nach hinten zur Bestattung zu rufen. Das wurde gemacht und einer der Laufstege geräumt.

170

Wir hatten keinen vernünftigen Gitterrost, der lang genug war, deshalb mussten sie eine von den Luken wegnehmen und stattdessen benutzen.

Der Wind hatte seit diesem Morgen nachgelassen, die See war fast ruhig, und das Schiff stieg hin und wieder sanft auf und ab. Die einzigen Klänge, die das Ohr erreichten, waren das weiche, träge Rascheln und das gelegentliche Zittern der Segel und das fortwährende Knarren der Holme und Aufbauten, bei den sanften Bewegungen des Schiffes, und wir waren in dieser feierlichen Halbstille, als der Skipper den Bestattungsgottesdienst hielt.

Sie hatten Svenson, den Holländer zuerst auf die Luke gelegt (ich konnte das an seiner Fülle erkennen), und als der Alte schließlich das Signal gab, hob der zweite Maat das Ende der Luke an, und er glitt hinunter in die Dunkelheit.

Armer, alter Dutchie [* Spitzname für einen Holländer], hörte ich einen Mann sagen, und ich denke, wir alle fühlten ein wenig in dieser Weise.

Dann hoben sie Jacobs auf die Luke, und als dieser gegangen war, Jock. Als Jock angehoben wurde, ging sofort eine Art Zittern durch die Menge. Er war ein Kamerad, den man in seiner ruhigen Art lieb gewonnen hatte, und ich weiß, dass ich mich plötzlich ein wenig komisch fühlte.

Ich stand an der Reling, auf dem hinteren Poller. Tammy war bei mir, während Plummer ein wenig dahinter stand. Als der zweite Maat die Luke zum letzten Mal anhob, brach ein kleiner, heiserer Sprechchor aus den Männern heraus. *So long, Jock! So long, Jock!* (Bis dann, Jock! Bis dann, Jock!).

Und dann, als er plötzlich eintauchte, eilten sie zur Seite, um noch einen letzten Blick auf ihm zu erhaschen, während er nach unten ging. Sogar der zweite Maat konnte diesem gemeinsamen Gefühl nicht entkommen, und auch er schaute über die Seite.

Von da, wo ich stand, konnte ich sehen, wie der Körper ins Wasser ging und nun, für ein paar kurze Sekunden, sah ich das Weiß der Leinwand, verzerrt vom Blau des Wassers, wie es dahinschwand und dahinschwand, in die große Tiefe. Aber dann, während ich noch hinstarrte, verschwand es – zu abrupt, wie es mir schien.

Verschwunden!, hörte ich mehrere Stimmen sagen, und dann ging unsere Wachmannschaft langsam nach vorne, und ein oder zwei der anderen begannen damit, die Luke wieder in Ordnung zu bringen.

Tammy deutete und schubste mich. *Schau, Jessop*, sagte er, *was ist das?*

Was?, fragte ich.

Dieser komische Schatten, antwortete er, *schau!*

Und dann sah ich, was er meinte. Es war etwas Großes und Schattiges, und es sah so aus, dass es deutlicher wurde. Es befand sich am gleichen Platz – so schien es mir – an dem Jock verschwand.

Schau es an!, sagte Tammy wieder. *Es wird größer!*

Er war ziemlich aufgeregt und ich auch. Ich schaute nach unten. Das Ding schien sich aus den Tiefen zu erheben. Es begann, Gestalt anzunehmen. Als ich realisierte, was die Gestalt war, überkam mich ein eigenartiges, kaltes Angstgefühl.

Schau!, sagte Tammy. *Es ist genau wie der Schatten eines Schiffes.*

Und so war es auch. Es war der Schatten eines Schiffes, der aus der unerforschten Grenzenlosigkeit unter unserem Kiel kam. Plummer, der noch nicht nach vorne gegangen war, erhaschte Tammys letzte Bemerkung und schaute herüber.

Was meint er?, fragte er.

Das!, antwortete Tammy und deutete.

Ich rammte meinen Ellbogen in seine Rippen, aber es war zu spät. Plummer hatte es gesehen. Seltsamerweise jedoch, machte er sich keine großen Gedanken darüber. *Da ist nichts, außer dem Schatten unseres Schiffes*, sagte er.

Nach meinem 'sanften' Hinweis beließ es Tammy dabei. Aber als Plummer mit den anderen nach vorne ging, sagte ich ihm, dass er nicht alles, so wie eben, auf den Decks herumerzählen sollte. *Wir müssen höllisch vorsichtig sein!*, bemerkte ich. *Du weißt, was der Alte während der letzten Wache gesagt hat!*

Ja, sagte Tammy. *Nächstes Mal bin ich vorsichtiger.*

Ein Stück von mir weg starrte der zweite Maat immer noch herunter aufs Wasser. Ich drehte mich um und sprach zu ihm. *Was denken Sie, was es sein könnte, Sir?*, fragte ich.

Gott weiß es!, sagte er, mit einem schnellen Blick um sich herum, um zu sehen, ob einer der Männer in der Nähe war.

Er kam weg von der Reling und drehte sich in Richtung des Hecks, um hinauf zu gehen. Am Kopf der Leiter lehnte er sich über den Vorbau. *Ihr könnt auch die Planke verfrachten, ihr beiden*, sagte er uns. *Und Jessop, denk daran, deinen Mund über all das zu halten.*

Aye, aye, Sir!, antwortete ich.

Und du auch, Junge, fügte er noch hinzu und ging nach hinten auf dem Heck entlang.

Tammy und ich waren mit der Planke beschäftigt, als der zweite Maat zurückkam. Er hatte den Skipper mitgebracht.

Direkt unterhalb der Planke, Sir, hörte ich den Zweiten sagen, und er deutete runter auf das Wasser.

Für einen Moment starrte der Alte hin, dann hörte ich ihn sprechen. *Ich sehe nichts*, sagte er.

Daraufhin beugte sich der Maat weiter nach vorne und starrte nach unten. Auch ich machte das, aber das Ding, was auch immer es war, war komplett verschwunden.

Es ist weg, Sir, sagte der Zweite. *Es war wirklich da, als ich kam, um Sie zu holen.*

Ungefähr eine Minute später, als wir mit der Planke fertig waren, ging ich nach vorne, als die Stimme des zweiten Maats mich zurückrief. *Sag dem Kapitän, was du gerade gesehen hast,* sagte der Zweite mit leiser Stimme.

Ich kann es nicht genau sagen, Sir, antwortete ich, *aber es erschien mir, wie der Schatten eines Schiffes, der aus dem Wasser nach oben kam.*

Da haben Sie es, Sir, bemerkte der Zweite gegenüber dem Alten. *Genau, was ich Ihnen gesagt habe.*

Der Skipper starrte mich an. *Bist du dir wirklich sicher?,* fragte er.

Ja, Sir, antwortete ich, *Tammy hat es auch gesehen.*

Ich wartete eine Minute, dann drehten sie sich herum, um nach hinten zu gehen. Der Zweite sagte etwas.

Kann ich gehen, Sir?, fragte ich.

Ja, das reicht, Jessop, sagte er über seine Schulter hinweg. Aber der Alte kam zurück zum Vorbau und sprach zu mir. *Denk daran, vorne erwähnst du kein Wort davon!,* sagte er.

Nein, Sir, antwortete ich, und er wieder zum zweiten Maat, während ich mich zum Vorschiff begab, um mir etwas zu essen zu holen.

Deine Portion ist im Kessel, Jessop, sagte Tom, als ich über das Schutzbrett hereinkam, *und ich habe deinen Limonensaft in einem Becher.*

Danke!, sagte ich und setzte mich hin.

Während des Essens nahm ich keine Notiz von dem Gerede der anderen. Ich war zu voll mit meinen eigenen Gedanken. Dieser Schatten eines Schiffes, wissen Sie, der aus den abgründigen Tiefen hochkam, hatte mich gewaltig beeindruckt.

Es war keine Einbildung. Drei von uns hatten ihn gesehen – eigentlich vier, da Plummer ihn auch deutlich erkannt hatte, obwohl er es nicht als etwas Außergewöhnliches wahrgenommen hatte.

Wie Sie verstehen können, dachte ich viel nach, über diesen Schiffsschatten. Ich war mir aber sicher, dass sich meine Gedanken nur in einem permanenten und unübersichtlichen Kreis bewegten.

Und dann kam mir ein anderer Einfall, als ich an die Gestalten gedacht habe, die ich am frühen Morgen in der Höhe gesehen hatte, und ich hatte neue Inspirationen.

Sehen Sie, das erste Ding, das über die Seite hochkam, war aus dem Meer gekommen, und es ist zurückgegangen. Und nun war da die Begebenheit mit dem Schattenschiff-Ding – Geisterschiff habe ich es genannt. Das war ein verdammt passender Name.

Und die dunklen, lautlosen Männer – ich dachte viel in dieser Richtung nach. Unbewusst stellte ich mir selbst laut die Frage: *Waren sie die Mannschaft?*

He!, sagte Jaskett, der neben mir auf der Truhe saß.

Ich beherrschte mich, so gut es ging, und schaute ihn unbekümmert an. *Habe ich gesprochen?*, fragte ich.

Ja, Kumpel, antwortete er und betrachtete mich neugierig. *Du sagtest irgendetwas über eine Mannschaft.*

Ich muss geträumt haben, sagte ich und erhob mich, um meinen Teller wegzubringen.

XIV. Die Geisterschiffe

Um 4 Uhr nachmittags, als wir wieder an Deck gingen, sagte mir der zweite Maat, dass ich mit der Hängematte weitermachen sollte, die ich gerade anfertigte, während er Tammy wegschickte, um seine Flechtschnur zu holen. Ich hatte die Matte an der Vorderseite des Hauptmasts festgemacht, zwischen diesem und dem hinteren Ende des Deckshauses. Nach einem kurzen Moment brachte Tammy seine Flechtschnur und das Garn zum Mast und befestigte sie an einem der Pins an der Nagelbank.

Was denkst du, Jessop?, fragte er plötzlich nach einer Weile der Stille.

Ich schaute ihn an. *Was denkst DU?*, antwortete ich.

Ich weiß nicht, was ich denken soll, sagte er. *Aber ich habe das Gefühl, dass es etwas mit dem ganzen Rest zu tun hat*, und er machte eine Bewegung mit seinem Kopf nach oben.

Ich habe auch nachgedacht, bemerkte ich.

Dass es etwas damit zu tun hat?, fragte er.

Ja, antwortete ich, und ich erzählte ihm, wie mir die Idee beim Abendessen gekommen ist, dass die seltsamen Männerschatten, die an Bord gekommen waren, von dem Schiff stammen könnten, das wir unten auf dem Meer gesehen hatten.

Großer Gott!, rief er aus, als er verstanden hatte, was ich meinte. Und dann, für eine Weile, stand er da und dachte nach.

Das ist es, wo sie leben, meinst du?, sagte er schließlich und machte wieder eine Pause.

Nun, antwortete ich. *Es kann sich nicht um eine Art von Existenz handeln, die wir Leben nennen sollten.*

Er nickte skeptisch. *Nein*, sagte er dann und war wieder still.

Kurz danach sprach er einen Gedanken aus, der ihm gekommen war. *Du denkst also, dass das Schiff schon eine Weile bei uns ist, wenn wir es nur gewusst hätten?*, fragte er.

Die ganze Zeit über, antwortete ich. *Ich meine, seitdem diese Sachen angefangen haben.*

Vermutlich gibt es noch andere, sagte er plötzlich.

Ich schaute ihn an. *Wenn es die überhaupt gibt*, sagte ich. *Du kannst zu Gott beten, dass sie uns nicht unseren Weg kreuzen. Es kommt mir so vor, dass sie – Geister oder nicht Geister – blutrünstige Piraten sind.*

Ich finde es fürchterlich, sagte er mit ernster Stimme, *dass wir so ernsthaft über etwas reden – du weißt, über solche Sachen.*

Ich habe aufgehört, in dieser Weise zu denken, sagte ich ihm. *Ich habe gefühlt, dass ich wahnsinnig werden würde, wenn ich es nicht täte. Ich weiß, dass verdammt verrückte Dinge auf See passieren, aber dies hier ist nichts davon.*

In einem Moment erscheint so seltsam und irreal, ist es nicht so?, sagte er. *Und im nächsten weißt du, dass es wirklich wahr ist, und du kannst nicht verstehen, warum du das nicht die ganze Zeit über gewusst hast. Und trotzdem würden sie es nicht glauben, wenn man es den Leuten an Land erzählen wurde.*

Sie würden es glauben, wenn sie auf diesem Segelschiff gewesen wären, während der mittleren Wache heute Morgen, sagte ich.

Nebenbei bemerkt, fuhr ich fort, *sie würden es nicht verstehen. Wir taten es auch nicht … ich werde nun anders denken, wenn ich lese, dass ein Schiff spurlos verschwunden ist.*

Tammy starrte mich an. *Ich habe die alten Veteranen über manche Dinge reden hören*, sagte er, *aber ich habe sie niemals so recht ernst genommen.*

Nun, sagte ich. *Ich denke, dass wir das ernst nehmen müssen. Ich wünschte, bei Gott, wir wären zu Hause.*

Mein Gott! So geht es mir auch, sagte er.

Für eine gute Weile danach hatten wir beide schweigend darüber nachgedacht, aber plötzlich gingen seine Gedanken in eine andere Richtung. *Denkst du, wir werden jede Nacht die Segel reffen, bevor es dunkel wird?*, fragte er.

Natürlich, antwortete ich. *Sie werden die Männer niemals dazu bringen, in der Nacht nach oben zu gehen, nachdem was passiert ist,*

Aber, aber — angenommen sie beordern uns nach oben —, begann er.

Würdest du gehen?, unterbrach ich ihn.

Nein!, sagte er mit Nachdruck. *Vorher lasse ich mich, verdammt noch mal, lieber in Ketten legen!*

Das beendet dann die Diskussion, antwortete ich. *Du würdest nicht gehen, und so ist es mit jedem anderen auch.*

In diesem Moment kam der zweite Maat vorbei. *Bringt diese Matte und die Flechtschnur weg, ihr beiden*, sagte er. *Dann holt eure Besen und macht sauber.*

Aye, aye, Sir!, sagten wir und gingen nach vorne.

Spring hoch aufs Deckshaus, Tammy, sagte ich, *und mache das andere Ende des Seils los, tust du das?*

Geht klar!, sagte er und tat, was ich ihm auftrug. Als er zurückkam, brachte ich ihn dazu, mir beim Aufrollen der Matte zu helfen, die sehr groß war.

Ich höre damit auf und du bringst deine Flechtschnur weg, sagte ich.

Warte eine Minute, antwortete er und sammelte eine Handvoll Schnipsel vom Deck auf, unterhalb der Stelle, wo er gearbeitet hatte. Dann rannte er auf die Seite.

Hierher!, sagte ich. *Schmeiß die nicht einfach weg. Sie schwimmen nur herum, und der zweite Maat oder der Skipper werden sie sicherlich entdecken.*

Komm mal her, Jessop!, unterbrach er mit leiser Stimme und nahm keine Notiz von dem, was ich sagte.

Ich kam von der Luke hoch, auf der ich kniete. Er starrte über die Seite hinweg. *Was gibt es?*, fragte ich.

Um Himmels willen, beeilt dich!, sagte er. Ich rannte und sprang auf das Holmdeck*. [* flacher, abgedeckter Stauraum für die Ersatzholme, unten vor der Bordwand]

Schau!, sagte er und zeigte auf eine Handvoll Schnipsel, direkt unter uns. Einige von ihnen fielen von seiner Hand und verzerrten augenblicklich das Wasser, sodass ich nichts sehen konnte. Dann, als sie verschwanden, sah ich, was er meinte.

Zwei von ihnen!, sagte er mit einer Stimme, die kaum oberhalb eines Flüsterns war. *Da draußen ist noch eins!*, und er deutete wieder hin, mit seiner Hand.

Da ist noch eines, ein wenig weiter hinten, murmelte ich.

Wo? – wo?, fragte er.

Da!, sagte ich und zeigte darauf.

Das macht vier, flüsterte er, *vier von ihnen!*

Ich sagte nichts und starrte weiter. Es erschien mir so, als wären sie ein großes Stück weit unten im Meer und fast bewegungslos.

Dennoch, obwohl ihre Umrisse etwas verschwommen und unklar waren, kann es keinen Zweifel geben, dass sie – obwohl Schatten – genauen Umrissen von Schiffen entsprachen.

Wir beobachteten sie für einige Minuten, ohne zu sprechen. Schließlich sagte Tammy etwas. *Sie sind Wirklichkeit, ohne Zweifel,* sagte er mit leiser Stimme.

Ich weiß nicht, antwortete ich.

Ich meine, wir lagen heute Morgen nicht falsch, sagte er.

Nein, sagte ich. *Ich habe nie geglaubt, dass es so wäre.*

Von vorne hörte ich die Stimme des Maats, der zurück nach hinten ging. Er kam näher und sah uns.

Was gibt es, ihr beiden?, rief er scharf. *Das ist doch kein Saubermachen!*

Ich erhob meine Hand, dass er nicht brüllen und die Aufmerksamkeit des Rests der Mannschaft wecken solle.

Er kam einige Schritte auf mich zu. *Was ist es? Was ist es?,* sagte er, mit einer gewissen Irritiertheit, aber in einer leiseren Stimme.

Sie schauen besser mal über die Seite hinweg, Sir, antwortete ich.

Mein Tonfall muss ihm eine Vorahnung gegeben haben, dass wir etwas Neues entdeckt hatten, da er – mein Wort drauf – einen Satz machte und neben mir auf dem Holmdeck stand.

Schauen Sie, Sir!, sagte Tammy. *Da sind vier von ihnen.*

Der zweite Maat blickte nach unten, sah etwas und beugte sich weit nach vorne. *Mein Gott!,* hörte ich ihn unter seinem Atmen murmeln.

Danach starrte er für etwa eine halbe Minute hin, ohne ein Wort zu sagen.

Da sind noch zwei mehr da draußen, Sir, sagte ich und zeigte mit dem Finger auf die Stelle.

Es dauerte einige Zeit, bevor er diese lokalisieren konnte und als er es tat, warf er nur einen kurzen Blick darauf. Dann ging er runter vom Holmdeck und sprach zu uns.

Kommt dort runter, sagte er hastig. *Nehmt eure Besen und macht sauber. Sagt kein Wort! – es könnte nichts sein.*

Es erschien so, als würde er den letzten Teil als nachträglichen Einfall hinzufügen, aber wir beide wussten, dass es nichts bedeutete. Dann drehte er sich um und ging flugs nach hinten.

Ich glaube, er ist gegangen, um den Alten zu informieren, bemerkte Tammy, als wir nach vorne gingen und die Matte und die Flechtschnur trugen.

Hm, sagte ich, kaum Notiz davon nehmend, was er gesagt hatte, da ich voll von den Gedanken an die vier schattenhaften Schiffe eingenommen war, die still dort unten warteten.

Wir nahmen unsere Besen und gingen nach hinten. Auf dem Weg dorthin kamen der zweite Maat und der Skipper an uns vorbei. Sie begaben sich nach vorne zu den Brassen am Hauptmast und stiegen auf das Holmdeck. Ich sah, wie der Zweite die Brassen entlang nach oben zeigte und etwas über die Ausrüstung sagte. Ich glaube, dass er das mit Absicht getan hatte, um sich unwissend stellen zu können, falls einer der anderen Männer zugesehen hätte. Dann schaute der Alte über die Seite hinweg, in eher zwangloser Weise, was auch der zweite Maat tat.

Ein, zwei Minuten später kamen sie nach hinten und gingen wieder aufs Heck hinauf. Ich konnte flüchtig das Gesicht des Skippers erkennen, als er auf dem Rückweg an mir vorbeiging. Er kam mir sorgenvoll vor – verwirrt, wäre vielleicht das bessere Wort.

Wir beide, Tammy und ich, waren außerordentlich gespannt, noch einmal einen Blick werfen zu können, aber als wir letztmals die Gelegenheit dazu hatten, spiegelte sich der Himmel dermaßen stark im Wasser, dass wir unterhalb nichts sehen konnten.

Wir waren gerade mit dem Kehren fertig geworden, als der vierte Glockenschlag erklang, und wir gingen runter, um einen Tee zu trinken.

Einige der Männer begannen zu reden, während sie aßen. *Ich habe gehört*, bemerkte Quoin, *dass wir vor der Dunkelheit die Segel reffen.*

Wie?, sagte der alte Jaskett über seinen Teebecher hinweg.

Quoin wiederholte seine Bemerkung.

Wer sagt das?, fragte Plummer.

Ich hab's vom Schiffsarzt gehört, antwortete Quoin, *und der hat es vom Steward.*

Wie kann er das wissen?, fragte Plummer.

Ich weiß nicht, sagte Quoin. *Ich nehme an, er hat gehört, wie sie achtern darüber geredet haben.*

Plummer drehte sich mir zu. *Hast du etwas gehört, Jessop?*, fragte er.

Was, wegen des Segelreffens?, antwortete ich.

Ja, sagte er. *Hatte der Alte nicht mit dir gesprochen, als du heute Morgen auf dem Deck warst?*

Ja, sagte ich. *Er sagte etwas zum zweiten Maat wegen des Reffens der Segel, aber nicht zu mir.*

Da haben wir es!, sagte Quoin, *habe ich es nicht gesagt?*

In diesem Moment steckte ein Bursche aus der anderen Wache seinen Kopf durch die Tür an der Steuerbordseite. *Alle Mann zum Segelreffen!*, rief er aus, und zugleich kam der scharfe Klang von der Trillerpfeife des Maats über die Decks hinweg.

Plummer stand auf und griff nach seiner Mütze. *Nun*, sagte er. Es ist offensichtlich, dass sie nicht mehr von uns verlieren wollen.

Dann gingen wir raus an Deck. Es war totenstill, trotzdem rollten wir die drei Royalsegel und die drei Bramsegel auf. Danach zogen wir die Toppsegel am Haupt- und Fockmast hoch und verstauten sie. Am Kreuzmast war dies natürlich schon seit einiger Zeit aufgerollt, da hinten kaum Wind war.

Als wir oben bei den Segeln am Fockmast waren, verschwand die Sonne unter den Rand des Horizonts. Wir waren bereit gewesen, das Segel zu verstauen, draußen auf der Rah. Ich wartete auf die anderen herzukommen und ging heraus aus dem Fußseil.

Während das passierte, hatte ich für fast eine Minute nichts zu tun. Ich beobachtete die untergehende Sonne und sah so etwas, das ich anderweitig – sehr wahrscheinlich – verpasst hätte.

Die Sonne war fast zur Hälfte hinter dem Horizont verschwunden und zeigte sich als große, rote Kuppel von mattem Feuer. Plötzlich, weit weg vom Rumpf auf der Steuerbordseite, kam ein blasser Nebel heraus aus dem Meer. Er breitete sich über das Antlitz der Sonne aus, sodass deren Licht nun schien, als würde es durch einen schummrigen Schleier von Rauch kommen.

Schnell wurde dieser Nebel, oder Dunst, dichter, und zur gleichen Zeit verteilte er sich und nahm seltsame Formen an, sodass das Rot der Sonne rosigfarben dazwischen hindurchschien.

Dann, als ich dies beobachtete, sammelte sich diese unheimliche Nebligkeit, formte sich und wuchs zu drei Türmen auf. Diese wurden deutlicher, und etwas streckte sich zwischen ihnen entlang.

Die Ausprägung und das Umformen gingen weiter, und plötzlich sah ich, dass das Ding die Gestalt eines großen Schiffes angenommen hatte.

Unmittelbar danach bemerkte ich, dass es sich bewegte. Es war erst mit der Breitseite an der Sonne gewesen, nun drehte es sich. Der Bug kam herum, in einer majestätischen Bewegung, bis alle drei Masten auf einer Linie waren.

Es fuhr auf uns zu und wurde größer, aber gleichzeitig weniger deutlich. Hinter ihm sah ich nun, dass die Sonne, bis auf einen bloßen Strich, gesunken war. Dann, im sich ansammelnden Nebel, erschien es mir so, als würde das Schiff wieder zurück in den Ozean versinken. Die Sonne verschwand vom Rand der See, und das Ding, das ich gesehen hatte, vermengte sich, wie es war, mit dem monotonen Grauschimmer der aufkommenden Nacht.

Aus der Takelage kam eine Stimme. Es war die des zweiten Maats. Er war hochgekommen, um uns zur Hand zu gehen. *Nun dann, Jessop*, sagte er. *Komm mit! Komm mit!*

Ich drehte mich flugs um und stellte fest, dass die Burschen fast alle von der Rah herunter waren. *Aye, aye, Sir!*, murmelte ich, glitt die Fußleine entlang und ging runter aufs Deck. Ich fühlte mich wieder benommen und verängstigt.

Es war ein wenig später, als der achte Glockenschlag verklungen war, und nach dem Appell, machte ich mich bereit, hoch aufs Deck zu gehen und das Steuerrad zu übernehmen.

Für eine Weile stand ich am Steuer und mein Kopf war leer, unfähig irgendwelche Eindrücke aufzunehmen. Das Gefühl ging nach einiger Zeit wieder weg, und ich bemerkte eine große Ruhe auf dem Meer. Es gab absolut keinen Wind und sogar das fortwährende Knarren der Aufbauten schien sich gelegentlich abzuschwächen.

Am Steuerrad war absolut nichts zu tun. Ich hätte genauso gut vorne sein und im Vorschiff rauchen können. Unten auf dem Hauptdeck konnte ich den Schein der Laternen sehen, die an den Haltestangen der vorderen und mittleren Takelage befestigt waren. Sie schienen weniger hell, als sie es könnten, da die Seiten abgedunkelt waren, um den Offizier der Wachmannschaft nicht mehr als notwendig zu blenden.

Die Nacht war seltsam dunkel heruntergekommen, und in der Dunkelheit und der Bewegungslosigkeit der Laternen, wurden mir der Dinge nur in gelegentlichen Geistesblitzen bewusst. Jetzt, wo mein Gehirn arbeitete, dachte ich hauptsächlich an dieses eigenartige, gewaltige Phantom des Nebels, den ich gesehen hatte, wie er im Meer aufgestiegen ist und Gestalt annahm.

Ich starrte weiter in die Nacht hinaus, in westlicher Richtung und dann ganz um mich herum. Natürlich beherrschte mich die Erinnerung daran, dass das Schiff in unsere Richtung gekommen war, als die Dunkelheit hereinbrach, und es war eine ziemlich beunruhigende Sache, wenn man daran dachte. Ich hatte ein solch schreckliches Gefühl, dass jede Minute etwas Bestialisches passieren könnte.

Dennoch, der zweite Glockenschlag kam und ging, und es war immer noch alles ruhig – eigenartig ruhig, so schien es mir. Und, natürlich, neben dem seltsamen, nebligen Schiff, das ich im Westen gesehen hatte, dachte ich die ganze Zeit über an die vier schattenhaften Schiffe, die unten im Meer lagen, unter unserer Backbordseite. Und jedes Mal, wenn ich an diese dachte, war ich dankbar für die Laternen rund um das Hauptdeck und ich wunderte mich, warum man keine in die mittlere Takelage gehängt hatte. Ich wünschte mir wirklich, dass sie das getan hätten, und entschloss mich dazu, mit dem zweiten Maat darüber zu sprechen, wenn er das nächste Mal nach hinten kommt.

Im Moment lehnte er über dem Geländer, das über dem Vorbau des Hecks verläuft. Er rauchte nicht, wie ich sehen konnte, denn wenn es dies getan hätte, würde ich hin und wieder die Glut seiner Pfeife sehen. Es war mit klar, dass er sich unwohl fühlte. Drei Mal war er schon unten auf dem Hauptdeck und trieb sich dort herum. Ich dachte, dass er das machte, um runter auf das Meer zu schauen und ein Zeichen dieser vier finsteren Schiffe zu entdecken. Ich fragte mich, ob sie auch nachts sichtbar sein würden.

Plötzlich schlug der Mann von der Zeitwache drei Schläge an der Glocke an, und die tieferen Töne der vorderen Glocke antworteten ihnen. Ich war nervös. Es erschien mir so, als ob sie direkt neben mir angeschlagen wurden. Es lag etwas unerklärlich Seltsames in der Luft dieser Nacht.

Dann, just in dem Moment, als der zweite Maat dem Ruf *alles in Ordnung!* vom Ausguck aus antwortete, kam ein scharfes Surren und Rattern beweglicher Aufbauten, von der Backbordseite des Hauptmasts.

Gleichzeitig gab es da das Gekreisch einer Rah-Befestigung, oben am Hauptmast und ich wusste, dass irgendjemand oder irgendetwas das Zugseil für das Toppsegel am Hauptmast losgelassen hatte. Von oben kam der Klang von etwas, das sich losgelöst hatte, dann das Krachen der Rah, als sie nach unten fiel.

Der zweite Maat rief etwas Unverständliches und sprang zur Leiter. Vom Hauptdeck her hörte man den Klang rennender Füße und die schreienden Stimmen der Wache. Dann vernahm ich die Stimme des Skippers. Er musste durch die Tür des Salons aufs Deck herausgerannt sein. *Holt noch mehr Lampen! Holt noch mehr Lampen!*, rief er aus.

Dann fluchte er. Er rief noch etwas, und ich erhaschte die letzten zwei Worte: ... *Wind, wurden weggetragen*, oder so ähnlich.

Nein Sir, rief der zweite Maat. *Ich denke nicht.*

Es folgte eine Minute mit einiger Konfusion, und dann kam das Klicken von Sperrklinken. Ich konnte feststellen, dass sie die Zugseile zum hinteren Spill* gebracht hatten. [* Drehvorrichtung zum Heben schwerer Lasten, wie etwa dem Anker].

Seltsame Worte kamen mir entgegen. *...all dieses Wasser?*, hörte ich die Stimme des Alten. Es schien so, als würde er eine Frage stellen.

Kann ich nicht sagen, Sir, kam die Stimme des zweiten Maats.

Er gab eine Zeitspanne, die nur erfüllt war vom Klicken der Klinken und den Klängen der quietschenden Mastbefestigung und der beweglichen Aufbauten. Dann kam wieder die Stimme des zweiten Maats. *Scheint in Ordnung zu sein, Sir*, hörte ich ihn sagen.

Ich hörte die Antwort des Alten nicht, da ich im gleichen Moment die Frische eines kalten Atems auf meinem Rücken fühlte. Ich drehte mich auf dem Absatz herum und bemerkte etwas, das über die Heckreling herübersah. Es hatte Augen, die das Licht des Kompasshäuschens reflektierten, gruselig, mit einem furchterregenden, wilden Glühen; aber sonst konnte ich nichts Deutliches entdecken.

Für den Moment starrte ich nur hin. Ich war wie angefroren. Es war so nah. Dann bewegte ich mich wieder, und ich sprang zum Kompasshäuschen und schnappte mir die Lampe. Ich zuckte herum und leuchtete in seine Richtung.

Das Ding, was immer es war, kam von der Reling weiter nach vorne, aber nun, im Licht, wich es aus, mit einer seltsamen und fürchterlichen Geschmeidigkeit. Es glitt zurück und runter und war damit außer Sicht. Ich habe nur eine verwirrte Vorstellung von einem nassen, gleißenden Etwas und zwei scheußlichen Augen.

Dann rannte ich wie durchgedreht in Richtung Vorbau des Hecks. Ich sprang die Leiter hinunter, verpasste dabei eine Sprosse und landete mit dem Hintern auf dem Boden.

In meiner linken Hand hielt ich die noch immer brennende Lampe aus dem Kompasshäuschen.

Die Männer brachten die Spillstangen* weg [* werden zum Drehen des Spills gebraucht], aber bei meinem plötzlichen Auftauchen und den Schrei, den ich beim Fallen ausstieß, rannten ein oder zwei von ihnen voller Angst ein kurzes Stück erschreckt zurück, bevor sie feststellten, was los war.

Von irgendwo weiter vorne kamen der Alte und der zweite Maat nach hinten gerannt. *Was zum Teufel ist jetzt los?*, rief der Zweite aus. Dann stoppte er und beugte sich, um mich anzustarren. *Was zum Teufel liegt an, dass du vom Steuerrad weg bist?*

Ich stand auf und versuchte ihm zu antworten, aber ich war so zittrig, dass ich nur stammeln konnte. *Ich – ich – da*, stotterte ich.

Verdammt, rief der zweite Maat ärgerlich, *geh zurück ans Steuerrad!*

Ich zögerte und wollte es erklären.

Hörst du mich gut, verdammt noch mal?, schrie er heraus.

Ja, Sir, aber –, begann ich.

Geh hoch aufs Heck, Jessop!, sagte er.

Ich ging. Ich wollte alles erklären, wenn er nach oben kam. Auf der Spitze der Leiter hielt ich inne. Ich werde nicht allein zurück ans Steuer gehen. Unten hörte ich den Alten sprechen.

Was um alles in der Welt ist es nun wieder, Mr. Tulipson?, sagte er.

Der zweite Maat gab keine sofortige Antwort, sondern drehte sich zu den Männern hin, die sich augenscheinlich in der Nähe zusammenrotteten.

Das reicht, Männer!, sagte er scharf.

Ich hörte, wie die Wachmannschaft nach vorne ging. Von ihnen kamen murmelnde Gesprächsgeräusche.

Dann antwortete der zweite Maat dem Alten. Er konnte nicht wissen, dass ich nahe genug dabeistand, sodass ich mithören konnte.

Es ist wegen Jessop, Sir. Er muss etwas gesehen haben, aber wir müssen der Meute nicht mehr Angst machen, als nötig ist.

Nein, sagte die Stimme des Skippers.

Sie drehten sich um und gingen die Leiter hoch, und ich rannte ein paar Schritte zurück, bis zur Dachluke des Hecks* [* vor dem Steuerkasten gelegen].

Ich hörte den Alten sprechen, als sie heraufkamen: *Wie kommt es, dass da keine Lampen sind, Mr. Tulipson?*, sagte er mit überraschter Stimme.

Ich dachte, die würden hier oben nicht gebraucht, Sir, antwortete der zweite Maat. Dann fügte er noch etwas hinzu wegen des Sparens von Öl …

Wir machen besser welche hin, denke ich, hörte ich den Skipper sagen.

Sehr wohl, Sir, antworte der Zweite und rief der Zeitwache zu, ein paar Lampen heraufzubringen. Dann liefen beide nach hinten, nach dort, wo ich bei der Dachluke stand.

Was machst du so weit weg vom Steuerrad?, fragte der Alte mit strenger Stimme.

Zu diesem Zeitpunkt hatte ich meine Sinne wieder einigermaßen beisammen. *Ich gehe nicht, Sir, bis da ein Licht hingekommen ist*, sagte ich.

Der Skipper stampfte ärgerlich mit dem Fuß auf, aber der zweite Maat kam nach vorne. *Komm! Komm! Jessop*, rief er aus. *Das ist nicht in Ordnung, wie du weißt! Du gehst besser wieder ans Steuerrad, ohne weiteren Ärger zu machen.*

Warte einen Moment, sagte der Skipper an dieser Stelle. *Welchen Einwand hast du, was das Zurückgehen ans Steuerrad angeht?,* fragte er.

Ich habe etwas gesehen, sagte ich. *Es kam über die Heckreling, Sir…*

Ach!, sagte er und unterbrach mich mit einer schnellen Geste. Dann sagte er abrupt: *Setz dich hin! Setz dich hin, du zitterst ja am ganzen Leib, Mann.*

Ich ließ mich auf den Sitz bei der Dachluke nieder. Wie er sagte, bibberte ich am ganzen Leib, und die Lampe aus dem Kompasshäuschen wabbelte in meiner Hand, sodass ihr Licht mal hier, mal da, übers Heck tanzte.

Nun, fuhr er fort. *Sag uns, was du gesehen hast.*

Ich erzählte ihnen alles ganz ausführlich, und während ich dies tat, kam der Mann von der Zeitwache und befestigte die Lichter, eines an jeder Takelage.

Bring eines davon am Ausleger des Besans an, rief der Alte aus, als der Junge damit fertig war, die anderen beiden festzumachen. *Beeil dich jetzt!*

Aye, aye, Sir!, sagte der Schiffsjunge und rannte davon.

Nun dann, bemerkte der Skipper, *nachdem das getan ist, brauchst du keine Angst mehr zu haben zurück ans Steuerrad zu gehen. Da ist ein Licht über dem Heck, und der zweite Maat und ich werden die ganze Zeit hier oben sein.*

Ich stand auf. *Ich danke Ihnen, Sir,* sagte ich und ging nach hinten.

Ich brachte meine Lampe zurück ins Kompasshäuschen und ergriff das Steuerrad. Dennoch, von Zeit zu Zeit, schaute ich hinter mich und war sehr dankbar, als ein paar Minuten später die vier Glockenschläge kamen und ich abgelöst wurde.

Obwohl der Rest der Burschen vorne im Vorschiff war, ging ich nicht dort hin. Ich scheute mich davor, wegen meines plötzlichen Erscheinens am Fuß der Heckleiter ausgefragt zu werden.

Ich steckte mir also meine Pfeife an und lief auf dem Hauptdeck herum. Ich fühlte mich nicht besonders nervös, da es nun zwei Laternen in jeder Takelage gab und zwei, die auf jedem Holmdeck des Toppmasts standen, unterhalb der Bordwand.

Jedoch, ein wenig nach dem fünften Glockenschlag, erschien es mir so, dass ich ein schattenhaftes Gesicht über die Reling spähen sah, ein wenig achtern der vier über die Talje* [* Flaschenzug] laufenden Seile.

Ich schnappte mir eine Laterne vom Holm und warf das Licht in seine Richtung, woraufhin aber nichts zu sehen war. Ich nehme an, dass die Wahrnehmung von nassen, herumspähenden Augen, mehr in meiner Einbildung war, als in der Wirklichkeit.

Erst später, als ich wieder an sie dachte, fühlte ich mich besonders scheußlich. Ich wusste dann, wie bestialisch sie gewesen waren – undurchschaubar, wissen Sie.

Noch einmal, in der gleichen Wache, hatte ich eine fast ähnliche Erfahrung, nur in diesem Fall war es verschwunden, noch bevor ich Zeit hatte nach einem Licht zu greifen.

Und dann kamen die acht Glockenschläge und unsere Wache konnte nach unten gehen.

XV. Das große Geisterschiff

Als man uns wieder rief, Viertel vor vier, hatte der Mann, der uns aufgeweckt hatte, einige seltsame Neuigkeiten für uns, die uns sehr erschreckten.

Toppin ist weg – komplett verschwunden, sagte er uns, als wir dabei waren, hinauszugehen.

Ich war niemals auf so einem verdammten, haarsträubenden alten Kahn, wie diesem hier, fuhr er fort. *Es ist nicht sicher, auf diesen verteufelnden Decks herumzugehen.*

Wer ist weg?, fragte Plummer, der sich augenblicklich aufsetzte und seine Beine über das Kojenbrett warf.

Toppin, einer der Schiffsjungen, antwortete der Mann. *Wir sind überall auf diesem verflixten Schiff herumgejagt. Wir sind noch dabei – aber wir werden ihn niemals finden,* sagte er am Schluss in einer Art von schwermütiger Beteuerung.

Oh, ich weiß nicht, sagte Quoin. *Vielleicht liegt er irgendwo und schläft.*

Nicht er, antwortete der Mann. *Ich sage euch, wir haben alles auf den Kopf gestellt. Er ist nicht an Bord dieses verdammten Schiffes.*

Wo habt ihr ihn zuletzt gesehen?, fragte ich. *Irgendjemand muss doch etwas wissen, oder?*

Er hat die Zeit überwacht, oben auf dem Heck, antwortete er. *Der Alte hat sich den Maat und den Burschen am Steuerrad richtig vorgenommen, und sie sagten, dass sie von nichts wüssten.*

Was meinst du damit?, fragte ich. *Was meinst du mit nichts?*

Nun, antwortete er, *der Junge war in einer Minute da, und als Nächstes wussten sie, dass er verschwunden war. Die beiden haben Stein und Bein geschworen, dass es nicht das leiseste Geräusch gab. Er verschwand einfach vom Antlitz dieser verdammten Erde.*

Ich ging von meiner Truhe herunter und griff nach meinen Stiefeln. Bevor ich wieder etwas sagen konnte, sprach der Mann erneut. *Schaut her, Kumpel*, fuhr er fort. *Wenn die Dinge so weiter gehen, wie jetzt, dann wüsste ich gerne, wo ihr und ich in Kürze sein werden.*

Wir werden in der Hölle sein, sagte Plummer.

Ich weiß nicht, ich will erst einmal darüber nachdenken, sagte Quoin.

Ja, wir müssen darüber nachdenken, antwortete der Mann. *Wir müssen eine verdammte Menge darüber nachdenken. Ich habe mit den Männern auf unserer Seite gesprochen, und sie sind dabei.*

Bei was dabei?, fragte ich.

Wir gehen und sprechen direkt mit dem verfluchten Kapitän, sagte er, und wedelte mit dem Finger in meine Richtung. *Er soll den nächsten verdammten Hafen anlaufen, und macht ihr keinen verdammten Fehler.*

Ich wollte den Mund öffnen und ihm die Wahrscheinlichkeit erklären, dass wir nicht in der Lage sein würden, das zu tun, selbst wenn wir den Alten davon überzeugen könnten, die Dinge von seinem Standpunkt aus zu sehen. Ich erinnerte mich daran, dass der Bursche keine Ahnung von den Dingen hatte, die ich gesehen hatte, und dachte nach. Deshalb sagte ich stattdessen: *Angenommen, er macht das nicht?*

Wir müssen ihn verdammt noch mal dazu bringen, antwortete er.

Und wenn du dort angekommen bist, sagte ich, *was dann? Du wirst mit Sicherheit wegen Meuterei eingesperrt.*

Ich gehe lieber ins Gefängnis, sagte er. *Ich bringe euch ja nicht um.*

Es gab ein Gemurmel der Zustimmung von den anderen und dann einen Moment der Stille, in der, das wusste ich, die Männer nachdachten.

Jasketts Stimme kam dazwischen. *Ich habe anfangs nicht daran gedacht, dass es auf dem Schiff spukt –*, begann er, aber Plummer fuhr ihm ins Wort. *Wir müssen hier niemandem etwas antun, wisst ihr*, sagte er. *Das würde Aufhängen bedeuten, und wir sind keine schlechte Mannschaft.*

Nein, stimmte jeder zu, eingeschlossen der Bursche, der gekommen war, uns zu rufen. *Trotzdem*, fügte er hinzu, *muss das Schiff in den nächsten verdammten Hafen gebracht werden.*

Ja, sagten alle. Dann kamen die acht Glockenschläge, und wir gingen raus aufs Deck.

Direkt nach dem Appell – in dem eine seltsame und unangenehme kleine Pause kam, als der Name von Toppin aufgerufen wurde – kam Tammy zu mir herüber. Der Rest der Männer war nach vorne gegangen und ich dachte mir, dass sie über verrückte Pläne gesprochen haben, wie sie den Skipper dazu zwingen könnten, das Schiff in den nächsten Hafen zu bringen – arme Burschen!

Ich hatte mich über die Reling auf der Backbordseite gelehnt, an der vorderen Brassenbefestigung und starrte ins Meer, als Tammy zu mir kam. Für vielleicht eine Minute sagte er nichts. Als er schließlich sprach, ging es darum, dass das Schattenschiff seit Tagesanbruch nicht mehr aufgetaucht war.

Was?, sagte ich einigermaßen überrascht. *Wie kannst du das wissen?*

Ich bin aufgewacht, als Sie nach Toppin suchten, antwortete er. *Ich habe seither nicht mehr geschlafen. Ich bin direkt hierhergekommen.* Er begann damit, noch etwas anderes zu sagen, hielt aber sofort inne.

Ja, sagte ich ermunternd.

194

Ich wusste nicht –, begann er und unterbrach wieder. Er ergriff meinen Arm. *Oh, Jessop!*, sagte er. *Wie wird das alles enden? Es kann doch sicher etwas getan werden?*

Ich sage nichts. Ich hatte das verzweifelte Gefühl, dass es da wenig gab, was wir machen konnten, um uns zu helfen.

Können wir nicht etwas tun?, fragte er und schüttelte meinen Arm. *Alles ist besser als das! Wir werden alle ermordet!*

Ich sagte immer noch nichts und starrte stattdessen ins Wasser. Ich hatte keine Pläne, obwohl ich verrückte, fieberhafte Denkanfälle bekam.

Hast du mich gehört?, sagte er und weinte fast dabei.

Ja, Tammy, antwortete ich, *aber ich weiß nicht! Ich weiß nicht!*

Du weißt nicht!, sagte er. *Du weißt nicht! Meinst du, wir sollen einfach aufgeben und einer nach dem anderen ermordet werden?*

Wir haben alles getan, was wir konnten, antwortete ich. *Ich weiß nicht, was wir noch tun könnten, es sei denn, wir gehen runter und schließen uns ein, jede Nacht.*

Das wäre besser als das alles, sagte er. *Da gibt es niemanden, der dort nach unten kommt oder irgendetwas anderes.*

Aber was ist, wenn Sturm aufkommt?, fragte ich. *Uns werden die Masten herausgerissen.*

Was ist, wenn jetzt Sturm aufkommen würde?, gab er als Antwort zurück. *Keiner würde hochgehen, wenn es dunkel ist, das hast du selbst gesagt! Davon abgesehen könnten wir jetzt gleich die Segel reffen. Ich sage dir, in ein paar Tagen gibt es keinen Burschen mehr, der am Leben ist, auf diesem Postsegler, außer Sie tun endlich was.*

Schrei nicht!, warnte ich ihn, *der Alte wird dich hören.* Der Junge war aufgekratzt und nahm keine Notiz davon.

Ich will schreien, antwortete er. *Ich will, dass es der Alte hört. Ich habe große Lust nach oben zu gehen und es ihm zu sagen.*

Er nahm einen neuen Anlauf.

Warum tun die Männer nicht etwas?, begann er. *Sie müssen verdammt noch mal den Alten dazu bringen, und in den nächsten Hafen zu steuern! Sie müssen...*

Um Himmels willen, halt den Mund, du kleiner Narr!, sagte ich. *Zu was soll das nütze sein, so einen verdammten Quatsch wie diesen zu reden? Du bringst dich in Schwierigkeiten.*

Das ist mir egal, antwortete er. *Ich lass mich nicht ermorden.*

Schau her, sagte ich. *Ich hab dir schon mal gesagt, dass wir nicht in der Lage sein werden, Land zu sehen, selbst wenn wir es erreichten.*

Du hast keine Beweise, antwortete er. *Das ist nur eine Ahnung, die du hast.*

Nun, antwortete ich. *Beweise oder keine Beweise, der Skipper würde das Schiff nur auflaufen lassen, wenn er versuchen würde Land zu erreichen, so wie die Dinge zurzeit stehen.*

Lass ihn das Schiff auflaufen lassen, antwortete er. *Lass es ihn, verdammt noch mal, auflaufen lassen! Das wäre besser, als hier draußen zu bleiben und über Bord gezogen oder von oben heruntergeschmissen zu werden.*

Sieh her, Tammy –, begann ich, aber in diesem Moment rief der zweite Maat nach ihm und er musste gehen. Als er zurückkam, war ich dabei hin und her zu laufen, zwischen der vorderen Seite und dem Hauptmast.

Er kam zu mir, und nach einer Minute begann er wieder mit seinen wilden Äußerungen.

Schau her, Tammy, sagte ich wieder. *Es hat keinen Zweck, dass du so sprichst. Die Dinge sind, wie sie sind, und es ist die Schuld von niemandem, und niemand kann etwas ändern. Wenn du vernünftig reden willst, höre ich dir zu, wenn nicht, geh und mach dein leeres Gerede bei jemand anderem.*

Damit ging ich zurück zur Backbordseite und stieg wieder rauf auf das Holmdeck, mit der Absicht mich auf die Nagelbank zu setzen und ein wenig mit ihm zu sprechen. Bevor ich mich hinsetzte, schaute ich über die Bordwand hinweg in das Meer hinein. Diese Handlung folgte ganz automatisch; dennoch war ich, nach einigen Augenblicken, in einem Stadium höchster Erregung, und ohne meinen Blick abzuwenden, ergriff ich Tammys Arm, um seine Aufmerksamkeit zu bekommen.

Mein Gott!, murmelte ich, *schau!*

Was ist es?, fragte er und beugte sich neben mir über die Reling.

Und das ist es, was wir sahen:

Ein kleines Stück unter der Oberfläche lag eine blass gefärbte, leicht verschwommene Scheibe. Sie schien nur einige Fuß unter der Wasseroberfläche zu sein.

Darunter sahen wir, ziemlich deutlich, und nachdem wir einige Zeit hingestarrt hatten, den Schatten der Rah eines Royalsegels und darunter, die Ausrüstung und festen Aufbauten eines großen Masts. Tief unten, unter diesem Schatten, glaubte ich in diesem Moment, dass ich die enorme, fast endlose Ausdehnung eines riesigen Decks ausmachen konnte.

Mein Gott!, flüsterte Tammy und blieb dann still. Aber, urplötzlich, gab er einen kurzen Ausruf von sich, so, also wäre ihm eine Idee gekommen. Er ging runter vom Holmdeck und rannte nach vorne auf das Deck des Vorschiffs.

Nach einem kurzen Blick ins Meer hinein kam er zurückgerannt und sagte mir, dass da die Spitze eines anderen großen Masts heraufkam, ein wenig von unserer Bordwand entfernt, bis auf ein paar Fuß unterhalb der Oberfläche.

In der Zwischenzeit, wissen Sie, hatte ich wie verrückt nach unten durch das Wasser gestarrt, auf einen riesigen schattenhaften Mast, direkt unterhalb von mir. Ich hatte ihn Stück für Stück ausgemacht, bis ich die Segelhalterung, die entlang der Oberseite des Royalmasts lief, klar sehen konnte und, wissen Sie, das Royalsegel selbst war gesetzt.

Aber, glauben Sie mir, was mich mehr als alles andere eingenommen hatte, war ein Gefühl, dass es da Bewegungen gab, da unten im Wasser, innerhalb der Takelage. Ich dachte, ich könnte von Zeit zu Zeit wirklich Dinge sehen, die sich, schwach funkelnd, in den Aufbauten schnell hin und her bewegten. Plötzlich war ich mir praktisch sicher, dass etwas auf dem Royalsegel war und sich auf dem Mast bewegte, als würde es, wissen Sie, auf dem Achterliek des Segels hochgekommen sein. Und auf diese Weise bekam ich das scheußliche Gefühl, dass es Dinge gab, die da unter herumschwärmten.

Unbewusst musste ich mich, weiter und weiter, über die Seite gelehnt haben, immerfort starrend und plötzlich – *guter Gott!*, wie ich herausbrüllte – bekam ich das Übergewicht. Ich machte einen weit ausholenden Griff und erwischte die vordere Brasse und damit war ich sofort wieder auf dem Holmdeck.

Fast gleichzeitig erschien es mir so, als dass das Wasser über der aufgetauchten Mastspitze aufbrandete.

Ich bin mir jetzt sicher, dass ich, für einen Moment, etwas in der Luft gesehen habe, gegenüber der Seite des Schiffs – eine Art Schatten in der Luft, obwohl ich dies zu diesem Zeitpunkt nicht realisiert hatte.

Wie dem auch sei, im nächsten Augenblick stieß Tammy einen entsetzlichen Schrei aus und befand sich sofort mit dem Kopf nach unten über der Reling.

Ich hatte in dem Moment geglaubt, dass er über Bord springen wollte. Ich schnappte ihn bei der Hüfte an seinen Hosen und an einem Knie und hatte ihn wieder an Deck. Ich saß voll auf ihm drauf, da er die ganze Zeit strampelte und schrie. Ich war so außer Atem und aufgewühlt und körperlich fertig, dass ich meinen Händen allein nicht trauen konnte, ihn festzuhalten.

Sehen Sie, in diesem Moment dachte ich, dass es nichts anderes als ein wirrer Einfluss war, der auf ihn einwirkte und dass er versucht hatte, loszukommen und über die Seite zu springen. Aber jetzt weiß ich, dass es der Schattenmann war, der ihn ergriffen hatte. Zu dieser Zeit war ich aber so verwirrt und mit einer Vorstellung im Kopf, dass ich nicht in der Lage war, irgendetwas richtig wahrzunehmen. Aber danach verstand ich ein wenig – Sie können es verstehen, nicht wahr? – was ich zu diesem Zeitpunkt gesehen hatte, ohne mich irremachen zu lassen.

Und sogar jetzt, wenn ich zurückschaue, weiß ich, dass der Schatten, der sich an Tammy festgeklammert hatte, nur wie ein schwach wahrnehmbares Grau im Tageslicht gegen die Blässe des Decks war.

Da war ich nun, total atemlos und schwitzend und vibrierend in meinem eigenen Durcheinander, während ich auf dem kleinen, kreischenden Burschen saß, der so wild kämpfte, dass ich dachte, ich hätte ihn niemals festhalten sollen.

Und dann hörte ich den zweiten Maat rufen, gefolgt von rennenden Füßen auf dem Deck. Dann kamen viele Hände, die zogen und hoben, um mich von ihm runter zu bekommen.

Verdammter Feigling!, rief jemand aus.

Haltet ihn! Haltet ihn! Er geht über Bord!, schrie ich.

In jenem Moment schienen sie die Dinge richtig zu verstehen und nicht, dass ich den Youngster schlecht behandeln würde, da sie aufhörten mich zu packen und mir erlaubten, mich zu erheben, während zwei von ihnen Tammy fassten und sicher festhielten.

Was ist los mit ihm?, fragte der zweite Maat. *Was ist passiert?*

Ich denke, er ist verrückt geworden, sagte ich.

Was?, fragte der zweite Maat.

Bevor ich ihm antworten konnte, hörte Tammy auf zu kämpfen und plumpste runter auf das Deck.

Er ist ohnmächtig, sagte Plummer mit einigem Mitleid in der Stimme. Er schaute mich an, mit einem verwirrten, misstrauischen Blick. *Was ist passiert? Was hat er gemacht?*

Bringt ihn nach hinten in die Koje, befahl der zweite Maat, ein wenig abrupt. Es dämmerte mir, dass er das Stellen von Fragen verhindern wollte. Er musste zu der Überzeugung gelangt sein, dass wir etwas gesehen hatten, wovon man der Meute besser nichts erzählen sollte.

Plummer beugte sich vor, um den Jungen hochzuheben.

Nein, sagte der zweite Maat, *nicht du, Plummer. Jessop, du nimmst ihn!* Dann drehte er sich dem Rest der Männer zu. *Das reicht!*, sagte er ihnen und ging nach vorne und brummte ein wenig vor sich hin.

Ich nahm den Jungen hoch und trug ihn nach hinten.

Es ist nicht nötig, ihn in die Koje zu bringen, sagte der zweite Maat. *Leg ihn hinten auf die Luke. Ich habe den anderen Burschen weggeschickt, etwas Brandy zu holen.*

Als der Brandy kam, flößten wir ihn Tammy ein und das brachte ihn bald wieder auf die Beine. Er setzte sich auf, mit einem etwas benommenen Ausdruck. Ansonsten erschien er ruhig und zurechnungsfähig genug.

Was ist los?, fragte er. Er sah den zweiten Maat an. *War ich krank, Sir?*, fragte er.

Dir geht es wieder gut genug, junger Mann, sagte der zweite Maat. *Du warst nur ein bisschen neben dir. Du gehst besser und legst dich für eine Weile hin.*

Ich bin wieder in Ordnung, Sir, antwortete Tammy. *Ich denke nicht, das...*

Du machst es, was dir befohlen wurde, unterbrach der Zweite. *Lass dir nicht immer alles zweimal sagen. Wenn ich dich brauche, werde ich jemanden nach dir schicken.*

Tammy stand auf und ging, in einer eher unstabilen Verfassung, in seine Koje. Ich denke, er war froh genug, sich hinlegen zu können.

Nun dann, Jessop, sagte der zweite Maat aus und drehte sich dabei zu mir hin. *Was war der Grund für all dies? Raus damit, schnell!*

Ich fing an, es ihm zu erzählen, aber fast gleichzeitig hob er seine Hand. *Warte einen Moment*, sagte er. *Da kommt eine Brise auf!*

Er sprang die Leiter hoch und rief dem Burschen am Steuerrad etwas zu. Dann kam er wieder runter. *Nach Steuerbord, an die Brassen*, rief er aus. Er drehte sich zu mir. *Du musst den Rest danach erzählen*, sagte er.

Aye, aye, Sir!, antwortete ich und ging los, um den anderen Kerlen an den Brassen zu helfen.

Sobald wir gut an Backbord verspannt waren, schickte er einen aus der Wache nach oben, um die Segel zu lockern. Dann rief er nach mir.

Mach weiter mit deiner Geschichte, Jessop, sagte er.

Ich erzählte ihm von dem großen Schattenschiff und sagte einiges über Tammy – ich meine, über die Tatsache, dass ich mir jetzt nicht mehr sicher war, ob er über Bord springen wollte. Denn, wissen Sie, ich begann zu realisieren, dass ich den Schatten gesehen hatte, und erinnerte mich an das aufgewühlte Wasser über der aufgetauchten Mastspitze.

Aber der Zweite hat – natürlich – nicht auf irgendwelche Theorien gewartet, sondern war weg wie der Blitz, um sich das selbst anzusehen. Er rannte an die Seite und schaute hinunter. Ich folgte und stand neben ihm. Da aber die Oberfläche des Wassers durch den Wind aufgewühlt war, konnten wir nichts sehen.

Das ist nicht gut, bemerkte er nach einer Minute. *Du bleibst besser von der Reling weg, bevor irgendein anderer das sieht. Nimm nur diese Flaggleinen mit nach hinten zum Spill.*

Von da an, bis zu den acht Glockenschlägen, arbeiteten wir hart, um die Segel auszubringen, und als der achte Glockenschlag erklungen war, beeilte ich mich, mein Frühstück zu verschlingen und etwas Schlaf zu nehmen.

Am Mittag, als wir zur Wache auf das Deck gingen, rannte ich zur Seite, aber es gab kein Anzeichen von dem großen Schattenschiff. Die ganze Zeit der Wache über hielt mich der zweite Maat mit meiner Arbeit an der Hängematte beschäftigt. Tammy setzte er an die Flechtschnur und sagte mir, ich soll ein Auge auf den Youngster werfen. Der Junge war wieder in Ordnung, was ich jetzt kaum bezweifelte, wissen Sie, jedoch – was höchst ungewöhnlich war – öffnete er den ganzen Nachmittag über kaum seine Lippen. Dann, um 4 Uhr, gingen wir runter zum Tee.

Zu den vier Glockenschlägen, als wir wieder an Deck kamen, fand ich, dass die leichte Brise, die uns den ganzen Tag gut voranbrachte, abgeschwächte hatte, und wir bewegten uns kaum noch vorwärts.

Die Sonne stand tief und der Himmel war klar. Ein, zwei Mal schaute ich über den Horizont, und es schien mir so, als ob ich wieder dieses merkwürdige Zittern in der Luft wahrgenommen hatte, welches beim Aufziehen des Nebels vorangegangen war. In der Tat, bei zwei Gelegenheiten, sah ich eine dünne Schwade von Nebel heraufziehen, augenscheinlich aus dem Meer heraus. Das war in kurzer Entfernung von unserer Backbordseite; ansonsten war alles ruhig und friedlich. Obwohl ich in das Wasser starrte, konnte ich keine Spur von diesem großen Schattenschiff, unten im Meer, ausmachen.

Es war kurz nach dem sechsten Glockenschlag, als der Befehl für die Männer kam, die Segel für die Nacht zu reffen. Wir holten die Royalsegel und die Bramsegel herein und dann die drei Untersegel.

Danach machte auf dem Schiff das Gerücht die Runde, dass man in dieser Nacht niemanden nach 8 Uhr zum Ausguck schicken würde. Das verursachte natürlich eine Menge von Gesprächen unter den Männern, besonders als die Geschichte herumging, dass die Türen des Vorschiffs geschlossen und befestigt werden sollten, sobald es dunkel war und dass man niemandem erlauben würde, an Deck zu gehen.

Wer geht dann ans Steuer?, hörte ich Plummer fragen.

Ich glaube, sie werden uns das wie immer machen lassen, antwortete einer der Männer. *Einer der Offiziere muss auf dem Deck sein, sodass wir Gesellschaft haben.*

Abgesehen von diesen Bemerkungen war es die allgemeine Ansicht, dass dies – sollte es wahr sein – eine vernünftige Handlung des Skippers sei. Wie einer der Männer sagte: *Es ist nicht wahrscheinlich, dass morgen einer von uns vermisst wird, wenn wir in unseren Kojen bleiben, die gesamte Nacht über.*

Kurz danach kamen die acht Glockenschläge.

XVI. Die Geisterpiraten

In dem Moment, als die acht Glockenschläge verklungen waren, war ich im Vorschiff und sprach mit den vier Männern aus der anderen Wache. Plötzlich, von ganz hinten, hörte ich Schreien und dann kam, vom darüberliegenden Deck, das laute Dröhnen von jemandem, der mit einer Drehstange aus dem Spill um sich schlug.

Ich drehte mich sofort herum und rannte, zusammen mit den vier anderen Männern, zur Tür auf der Backbordseite. Wir eilten durch sie hindurch und heraus auf das Deck. Die Dämmerung war hereingebrochen, aber das verbarg mir nicht einen schrecklichen und außergewöhnlichen Anblick.

An der ganzen Backbordreling entlang, war ein eigenartiger, welliger Grauschleier, der sich in das Schiff hineinbewegte und über das Deck ausbreitete. Als ich hinschaute, fand ich, dass ich die Dinge, auf eine höchst außergewöhnliche Weise, deutlicher erkennen konnte.

Und dann, plötzlich, löste sich der schwebende Grauschleier in Hunderte von seltsamen Männern auf. Im Dämmerlicht erschienen sie unwirklich und unmöglich, als wären sie als Bewohner einer fantastischen Traumwelt zu uns gekommen.

Mein Gott!, ich dachte, ich wäre verrückt geworden. Sie schwärmten auf uns herein, in einer großen Welle von mörderischen, lebenden Schatten. Von einigen Männern, die zum Appell nach hinten gegangen sein mussten, erhoben sich laute, fürchterliche Schreie in den Nachthimmel.

Oben!, schrie jemand, und als ich nach oben schaute, sah ich, dass diese schrecklichen Dinger dort zu Dutzenden und Aberdutzenden herumschwirrten.

Jesus Christus –!, kreischte die Stimme eines Mannes, die abrupt verschwand, und mein Blick ging wieder herunter. Ich sah zwei Männer, die mit mir aus dem Vorschiff gekommen waren, auf dem Deck herumrollen. Sie waren zwei nicht zu unterscheidende Haufen, die sich mal nach hier, mal nach dort, auf dem Deck wälzten.

Die Monster hatten sie völlig umschlossen. Von ihnen kamen gedämpfte, kleine Kreisch- und Keuchlaute; und da stand ich nun, und die beiden anderen Männer waren bei mir.

Ein Mann huschte an uns vorbei ins Vorschiff, mit zwei grauen Wesen auf seiner Schulter, und ich hörte, wie sie ihn töteten. Die beiden Männer bei mir rannten plötzlich über die vordere Luke und die Leiter auf der Steuerbordseite hoch aufs Deck des Vorschiffs. Doch im gleichen Moment sah ich mehrere der grauen Dinger auf der Leiter verschwinden. Vom Deck des Vorschiffs über mir hörte ich, wie die zwei Männer anfingen zu schreien, und dies verlor sich wieder in einem lauten Poltern.

Jetzt drehte ich mich um und wollte sehen, ob ich verschwinden könnte. Ich starrte um mich, hoffnungslos, und dann, mit zwei Sätzen, war ich auf dem Schweinestall und von dort auf dem Dach des Deckshauses. Ich schmiss mich flach hin und wartete, atemlos.

Ganz plötzlich erschien es mir so, dass es dunkler war, als im Moment zuvor, und ich hob sehr vorsichtig meinen Kopf. Ich sah, dass das Schiff in großen Dunstschleiern eingewickelt war, und dann, keine sechs Fuß von mir entfernt, konnte ich jemanden ausmachen, mit dem Gesicht nach unten. Es war Tammy. Ich fühlte mich jetzt sicherer, da wir von den Dunstschwaden eingehüllt waren, und krabbelte zu ihm.

Er stieß einen kurzen, angsterfüllten Schrei aus, als ich ihn berührte; aber als er sah, wer es war, fing er an, zu weinen, wie ein Kind.

Still!, sagte ich. *Sei um Gottes willen leise!* Aber ich hätte mir eigentlich keine Sorgen machen müssen, denn das Kreischen der Männer, die getötet wurden, unten auf den Decks um uns herum, haben jeden anderen Klang erstickt.

Ich kniete mich hin und schaute um mich und dann nach oben. Über meinem Kopf konnte ich unscharf die Holme und Segel ausmachen, und nun, während ich hinsah, bemerkte ich, dass die Bram- und Royalsegel gelöst wurden und an den inneren Zugseilen hingen.

Fast im gleichen Moment hörte ich das fürchterliche Schreien der armen Burschen auf den Decks auf, und es folgte eine schauderhafte Stille, in der ich Tammy deutlich schluchzen hörte. Ich streckte meine Arme aus und schüttelte ihn.

Sei ruhig! Sei ruhig!, flüsterte ich angestrengt. *Sie werden uns hören!*

Meine Berührung und mein Flüstern beruhigten ihn etwas, und kämpfte mit sich, still zu sein. Und dann, über uns, sah ich, dass die sechs Rahen hochgezogen wurden. Kaum waren die Segel gesetzt, als ich das Schwirren und Schnippen der Zeisinge hörte, die von den unteren Rahen gelöst wurden. Ich realisierte, dass die Geisterwesen dort am Werk waren.

Für einen Moment oder so war Stille, und ich begab mich vorsichtig zum hinteren Ende des Deckshauses. Ich schaute darüber hinweg, aber wegen des Dunstschleiers konnte ich nichts sehen.

Dann, ganz plötzlich, kam hinter mir ein einziger Klagelaut von grässlichem Schmerz und Schrecken, den Tammy ausgestoßen hatte. Er endete sogleich in einer Art von Erstickungslaut.

Ich stand auf, in dem mich umgebenden Dunst, und rannte zurück an den Platz, wo ich den Kleinen gelassen hatte, aber er war weg.

Benommen stand ich da und hatte das Gefühl, laut aufschreien zu müssen. Über mir hörte ich das Flattern der Untersegel, wie sie von den Rahen fallen gelassen wurden. Unten auf den Decks waren die Geräusche einer Meute, die in einer unheimlichen, unmenschlichen Stille arbeitete.

Dann kam von oben das Quietschen und Rattern von Rollen und Streben; sie richteten die Rahen aus. Ich blieb stehen und beobachtet es. Ich sah, wie sich plötzlich die Segel füllten.

Einen Moment später neigte sich das Deck des Hauses, auf dem ich stand, nach vorne. Die Neigung wurde stärker, sodass ich kaum noch Halt finden konnte. Ich griff nach einer der Drahtwinden und fragte mich, in einem Zustand der Benommenheit, was vor sich ging.

Fast unmittelbar danach kam vom Deck auf der Backbordseite des Hauses ein lauter, menschlicher Schrei, und sofort erhoben sich aufs Neue, von diversen Seiten des Decks, einige fürchterliche Rufe der Höllenqual von verschiedenen Männern. Das wuchs zu einem gewaltigen Schreien an, das mein Herz aufwühlte, und es kam wieder ein Geräusch von verzweifelten, kurzen Kämpfen.

Dann schien ein Hauch von kaltem Wind im Dunstschleier zu spielen, und ich konnte über die Neigung des Decks heruntersehen. Ich schaute unter mich, in Richtung des Bugs. Die Klüverspitze* [* Klüver, vorderstes Segel am Bug] war ins Wasser eingetaucht, und als ich hinstarrte, verschwand der Bug im Meer.

Das Dach des Deckshauses wurde wie ein sich neigende Wand für mich, und ich hing an der Winde, die nun über meinem Kopf war. Ich sah, wie der Ozean über das Deck des Vorschiffs kam, das Hauptdeck überspülte und in das leere Vorschiff hineinströmte.

Und immer noch, überall um mich herum, kam das Schreien der verlorenen Seeleute.

Ich hörte etwas, das die Kante des Hauses über mir mit einem dumpfen Aufschlag getroffen hatte, und dann sah ich Plummer, wie er in die Fluten unterhalb stürzte. Ich erinnerte mich, dass er am Steuerrad gewesen war.

Im nächsten Moment hatte das Wasser meine Füße erreicht; es kamen trostlose Chöre von blubbernden Schreien, ein Getöse von Gewässer und ich rauschte schnell hinunter in die Dunkelheit.

Ich ließ die Winde los, schlug wild um mich und versuchte die Luft anzuhalten. Es gab ein lautes Singen in meinen Ohren, das immer stärker wurde. Ich öffnete meinen Mund. Ich fühlte mich, als würde ich sterben. Und dann, danke Gott!, war ich an der Oberfläche und atmete.

Für den Augenblick war ich durch das Wasser geblendet und litt unter den Qualen meiner Atemlosigkeit. Dann, als ich mich wieder ein wenig beruhigt hatte, rieb ich mir das Wasser aus den Augen und so, keine hundert Yards entfernt, entdeckte ich ein großes Schiff, das fast bewegungslos dahintrieb.

Zuerst konnte ich kaum glauben, dass ich richtig gesehen hatte. Dann, als ich begriffen hatte, dass es tatsächlich eine Überlebenschance gab, begann ich, euch entgegenzuschwimmen.

Sie kennen den Rest…

Und du denkst –?, sagte der Kapitän, fragend, und hielt inne.

Nein, antwortete Jessop. *Ich denke nicht, ich weiß. Keiner von uns denkt. Es ist die biblische Wahrheit. Leute sprechen über seltsame Dinge, die auf See passieren, aber dies ist keine dieser Geschichten; das ist etwas, das wirklich passiert ist.*

Sie alle haben seltsame Dinge gesehen, die sich auf See ereigneten, vielleicht mehr als ich. Das kommt darauf an. Sie werden aber nicht im Logbuch eingetragen. Das geschieht niemals mit diesen Dingen. Mit diesem auch nicht, jedenfalls nicht, wie es wirklich vorgefallen ist.

Er nickte mit seinem Kopf, langsam, und fuhr fort und sprach dabei den Kapitän direkter an.

Ich wette, sagte er mit voller Absicht, *dass Sie es etwa so in das Logbuch eintragen:*

18. Mai. Breitengrad soundso Süd – Längengrad soundso West, 2 Uhr nachmittags. Leichter Wind von Süd und Ost. Sichtete ein voll besegeltes Schiff am Steuerbordbug. Überholte es in der ersten Hundewache. Signalisierte ihm, bekam aber keine Antwort. Während der zweiten Hundewache weigerte sich das Schiff beharrlich, zu kommunizieren. Etwa beim achten Glockenschlag schien es so, dass es sich kopfüber beugte und eine Minute später plötzlich unterging, Bug voraus, mit der gesamten Mannschaft. Ich schickte ein Ruderboot hinaus und fischte einen der Männer auf, einen AB, namens Jessop. Er war zunächst kaum in der Lage, eine Erklärung für die Katastrophe zu geben.

Und ihr beiden, Jessop machte eine Bewegung in Richtung des ersten und zweiten Maats, *setzt wahrscheinlich eine Unterschrift darunter, und so werde ich das und vielleicht einer euerer ABs. Dann, wenn wir heimkommen, schreiben sie einen Bericht darüber in den Zeitungen, und die Leute werden über diese unglücklichen Schiffe reden. Vielleicht sprechen einige Experten Unsinniges über Nieten oder defekte Platten und so weiter.*

Er lachte zynisch und fuhr dann fort.

Und Sie wissen, wenn Sie darüber nachdenken, gibt es niemanden außer uns, der jemals wissen wird, wie es geschah – wirklich geschah. Die Veteranen zählen nicht – sie sind nur wilde, betrunkene Unmenschen von gewöhnlichen Seeleuten – arme Teufel! Niemand würde daran denken, irgendetwas von dem, was sie erzählen, als etwas anderes zu betrachten, als verdammt dumme Geschichten.

Darüber hinaus erzählen diese Burschen diese Dinge nur, wenn sie halb betrunken sind. Sie würden es sonst nicht machen, um nicht ausgelacht zu werden: So sind sie für nichts verantwortlich...

Er unterbrach und schaute uns der Reihe nach an.

Der Skipper und die zwei Matrosen nickten mit ihren Köpfen, in stiller Zustimmung.

Anhang – Das stille Schiff

Ich bin der dritte Maat auf der *Sangier*, dem Schiff, das Jessop aufgefischt hat, wissen Sie, und er bat uns einen kleinen Bericht zu verfassen über das, was wir von unserer Seite aus gesehen hatten und ihn zu unterschreiben. Der Alte hat mich damit beauftragt, da er mir sagte, ich könnte das besser niederschreiben, als er.

Nun, es war in der ersten Hundewache, als wir mit dem Schiff auf gleiche Höhe kamen. Ich meine damit die *Mortzestus*, aber es war in der zweiten Hundewache, als es passierte.

Der Maat und ich waren auf dem Heck und beobachteten sie. Sehen Sie, wir signalisierten ihnen, aber sie nahmen keine Notiz davon, und das erschien seltsam, da wir nicht mehr als drei- oder vierhundert Yards von ihrer Backbordseite entfernt sein konnten. Es war ein schöner Abend, sodass wir fast ein Teekränzchen hätten machen können, wenn sie den Anschein einer angenehmen Gesellschaft gegeben hätten.

So wie es war, signalisierten wir ihnen, dass sie ein Haufen übel gelaunter Schweine wären, und beließen es dabei, obwohl wir immer noch unsere Flagge oben behielten.

Gleichzeitig beobachteten wir das Schiff ausgiebig, und ich erinnere mich, dass ich selbst dann dachte, wie seltsam ruhig es war. Wir konnten noch nicht einmal ihre Schiffsglocke hören, und ich sprach mit dem Maat darüber, der mir sagte, dass er die gleichen Beobachtungen gemacht hätte. Dann, etwa zu den sechs Glockenschlägen, refften sie alles, bis auf die Untersegel, und ich kann Ihnen sagen, das brachte uns dazu, mehr denn je hinzustarren, wie sich jeder vorstellen kann.

Ich erinnere mich, dass wir zu diesem Zeitpunkt besonders bemerkt hatten, dass wir nicht einen einzigen Laut hören konnten, sogar als die Zugleinen losgelassen wurden und, wissen Sie, ich konnte den Alten drüben sehen, ohne ein Fernglas, wie er etwas ausrief, aber wir bekamen keinen Laut zu hören, obwohl wir in der Lage gewesen sein müssten, jedes Wort zu verstehen.

Dann, kurz vor dem achten Glockenschlag, passierte die Sache, die uns Jessop erzählt hat.

Beide, der Maat und der Alte, sagten, dass sie Männer sehen konnten, die an der Seite des Schiffs hochgingen, etwas unklar, wissen Sie, da es anfing zu dämmern, aber der Maat und ich dachten halb, dass wir es gesehen hätten und halb, dass wir es nicht gesehen hätten.

Es war da aber etwas Seltsames gewesen, wir alle wussten das, und es sah aus, wie eine Art sich bewegender Dunstschleier auf seiner Seite, aber es war natürlich nicht etwas, dessen man sich ernsthaft hätte sicher sein können, bis man sich wirklich sicher war.

Nachdem der Maat und der Kapitän sagten, dass sie Männer gesehen hatten, die auf das Schiff gekommen sind, begannen wir Laute von ihnen zu hören. Zunächst sehr eigenartig, eher wie ein Plattenspieler, wenn er Geschwindigkeit aufnimmt. Dann kamen die Klänge deutlicher herüber, und wir hörten sie rufen und schreien und, wissen Sie, ich weiß jetzt selbst nicht, was ich wirklich dachte. Es war alles so eigenartig durcheinander.

Das Nächste, an das ich mich erinnern kann, war ein dicker Dunstschleier rund um das Schiff, und dann war aller Krach wie abgeschnitten, als wäre alles auf der anderen Seite einer geschlossenen Tür.

Wir konnten noch alle Masten und Holme und Segel über diese dunstige Sache hinweg sehen, und beide, der Maat und der Kapitän sagten, dass sie Männer oben bemerkt hatten. Auch ich dachte das, aber der zweite Maat war sich nicht sicher.

Die Segel wurden in ungefähr einer Minute losgemacht, so schien es jedenfalls, und die Rahen hochgezogen. Die Untersegel konnten wir nicht über dem Dunst sehen, aber Jessop sagte, dass auch sie losgemacht und ausgefaltet wurden, zusammen mit den oberen Segeln.

Dann sahen wir, wie sie die Rahen ausrichteten und ich bemerkte, dass die Segel vom Wind voll aufgeblasen wurden und gleichzeitig, wissen Sie, flatterten unsere nur herum.

Die nächste Sache war diejenige, die mich mehr als alles andere traf.

Seine Masten beugten sich nach vorne, und dann sah ich sein Heck, wie es aus dem Dunst um es herum hochging. Dann, ganz plötzlich, konnten wir wieder Klänge von ihm wahrnehmen. Und ich sage Ihnen, die Männer schienen nicht zu rufen, sondern zu schreien. Sein Heck kam höher. Es war ein höchst außergewöhnlicher Anblick, und dann ging es schnurstracks nach unten, mit dem Bug zuerst, genau in das dunstige Zeug.

Es ist alles richtig, was Jessop sagt, und als wir ihn schwimmen sahen – ich war derjenige, der ihn entdeckt hat – brachten wir ein Boot zu Wasser, schneller als jemals ein Windjammer ein Boot zu Wasser gelassen hat, glaube ich.

Der Kapitän, der Maat und er Zweite und ich, werden das alle unterschreiben.

(unterzeichnet)

WILLIAM NAWSTON *Master*
J.E.G. ADAMS *erster Maat*
ED. BROWN *zweiter Maat*
JACK T. EVAN *dritter Maat*

The Hell O! O! Chaunty

Chaunty Man . . Man the capstan, bullies!
Men . . . . . . Ha!-o-o! Ha!-o-o!

Chaunty Man . . Capstan-bars, you tarry souls!
Men . . . . . . Ha!-o-o! Ha!-o-o!

Chaunty Man . . Take a turn!
Men . . . . . . Ha!-o-o!

Chaunty Man . . Stand by to fleet!
Men . . . . . . Ha!-o-o!

Chaunty Man . . Stand by to surge!
Men . . . . . . Ha!-o-o!

Chaunty Man . . Ha!—o-o-o-o!
Men . . . . . . TRAMP!
And away we go!

Chaunty Man . . Hark to the tramp of the
bearded shellbacks!
Men . . . . . . Hush!
O hear 'em tramp!

Chaunty Man . . Tramping, stamping —
treading, vamping,
While the cable
comes in ramping.
Men . . . . . . Hark!
O hear 'em stamp!

Chaunty Man . . Surge when it rides!
Surge when it rides!
Round-o-o-o
handsome as it slacks!

Men . . . . . . Ha!-o-o-o-o!
hear 'em ramp!
Ha!-oo-o-o!
hear 'em stamp!
Ha!-o-o-o-o-oo!
Ha!-o-o-o-o-o-o!

Chorus . . . . They're shouting now; oh! hear 'em
A-bellow as they stamp: —
Ha!-o-o-o! Ha!-o-o-o!
Ha!-o-o-o!
A-shouting as they tramp!

Chaunty Man . . O hark to the haunting chorus
of the capstan and the bars!
Chaunty-o-o-o
and rattle crash —
Bash against the stars!

Men . . . . . . Ha-a!-o-o-o!
Tramp and go!
Ha-a!-o-o-o!
Ha-a!-o-o-o!

Chaunty Man . . Hear the pawls a-ranting: with
the bearded men a-chaunting;
While the brazen dome above 'em
Bellows back the 'bars.'
Men . . . . . . Hear and hark!
O hear 'em!
Ha-a!-o-o!
Ha-a!-o-o!

Chaunty Man . . Hurling songs towards the heavens –
Men . . . . . . Ha-a!-o-o!
Ha-a!-o-o!

Chaunty Man . . Hush! O hear 'em!
Hark! O hear 'em!
Hurling oaths among their spars!
Men . . . . . . Hark! O hear 'em!
Hush! O hear 'em!

Chaunty Man . . Tramping round between the bars!

Chorus . . . . They're shouting now; oh! Hear
A-bellow as they stamp: –
Ha-a!-o-o-o! Ha-a!-o-o-o!
Ha-a!-o-o-o!
A-shouting as they tramp!

Chaunty Man . . O do you hear the capstan-chaunty!
Thunder round the pawls!
Men . . . . . . Click a-clack, a-clatter
Surge!
And scatter bawls!

Chaunty Man . . Click-a-clack, my bonny boys,
while it comes in handsome!
Men . . . . . . Ha-a!-o-o!
Hear 'em clack!

Chaunty Man . . Ha-a!-o-o! Click-a-clack!
Men . . . . . . Hush! O hear 'em pant!
Hark! O hear 'em rant!

Chaunty Man . . Click, a-clitter, clicker-clack.
Men . . . . . . Ha-a!-o-o!
Tramp and go!

Chaunty Man . . Surge! And keep away the slack!
Men . . . . . . Ha-a!-o-o!
Away the slack:
Ha-a!-o-o!
Click-a-clack

Chaunty Man . . Bustle now each jolly Jack.
Surging easy! Surging e-a-s-y!!
Men . . . . . . Ha-a!-o-o!
Surging easy

217

Chaunty Man . . Click-a-clatter —
Surge; and steady!
Man the stopper there!
All ready?
Men . . . . . . Ha-a!-o-o!
Ha-a!-o-o!

Chaunty Man . . Click-a-clack, my bouncing boys:
Men . . . . . . Ha-a!-o-o!
Tramp and go!

Chaunty Man . . Lift the pawls, and come back easy.
Men . . . . . . Ha-a!-o-o!
Steady-o-o-o-o!

Chaunty Man . . Vast the chaunty!
Vast the capstan!
Drop the pawls! Be-l-a-y!

Chorus . . . . Ha-a!-o-o! Unship the bars!
Ha-a!-o-o! Tramp and go!
Ha-a!-o-o! Shoulder bars!
Ha-a!-o-o! And away we blow!
Ha-a!-o-o-o!
Ha-a!-o-o-o-o!
Ha-a!-o-o-o-o-o!

Besegelung eines Viermasters
(mit doppelten Bram- und Toppsegeln)

A - Bugspriet	35 - Groß Unter Topp (Mars-) Segel
1 - Fliegendes Klüver	36 - Groß (Unter-) Segel
2 - Äußeres Klüver	
3 - Inneres Klüver	41 - Kreuzmast Royal Stagsegel
	42 - Kreuzmast Bramsegel
10 - Fockmast	43 - Kreuzmast unteres Stagsegel
11 - Vor Royalsegel	
12 - Vor Oberbramsegel	**50 - Kreuzmast**
13 - Vor Unterbramsegel	51 - Achter Royalsegel
14 - Vor Ober Topp (Mars-) Segel	52 - Achter Oberbramsegel
15 - Vor Unter Topp (Mars-) Segel	53 - Achter Unterbramsegel
16 - Fock (Unter-) Segel	54 - Achter Ober Topp (Mars-) Segel
	55 - Achter Unter Topp (Mars-) Segel
21 - Hauptmast Royal Stagsegel	56 - Achter (Unter-) Segel
22 - Hauptmast Bram Stagsegel	
23 - Hauptmast unteres Stagsegel	61 - Besan Bram Stagsegel
	62 - Besan Toppmast Stagsegel
30 – Hauptmast	63 - Besan unteres Stagsegel
31 - Groß Royalsegel	
32 - Groß Oberbramsegel	**70 - Besanmast**
33 - Groß Unterbramsegel	71 - Gaffelsegel
34 - Groß Ober Topp (Mars-) Segel	72 - Besansegel

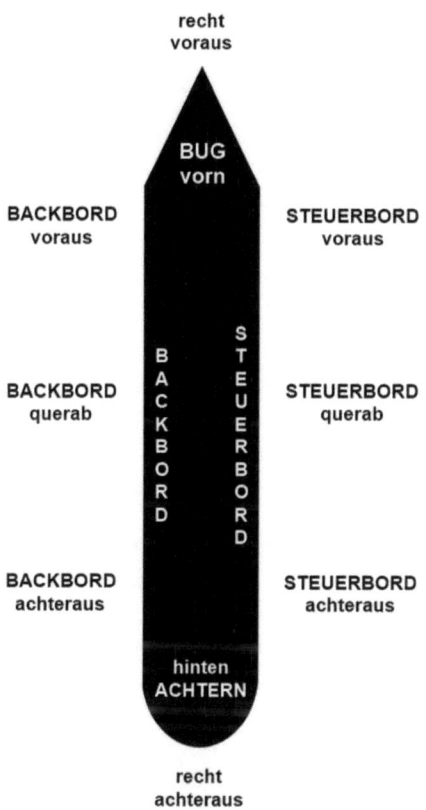

'**Luv**' und '**Lee**' sind keine fest fixierten Seiten, sondern hängen von der Windrichtung ab.

Luv ist die dem Wind zugewandte Seite (auch Wetterseite, Windseite genannt). Lee ist die dem Wind abgewandte Seite.